一座城市一本书

# 北京漫游记

何薇◎编

河海大学出版社
HOHAI UNIVERSITY PRESS
·南京·

图书在版编目（CIP）数据

北京漫游记 / 何薇编. -- 南京 ： 河海大学出版社，
2021.9
　（一座城市一本书）
　ISBN 978-7-5630-6932-3

Ⅰ．①北… Ⅱ．①何… Ⅲ．①中国文学－当代文学－
作品综合集 Ⅳ．①I217.1

中国版本图书馆CIP数据核字(2021)第076426号

丛 书 名 / 一座城市一本书
书　　　名 / 北京漫游记
　　　　　　 BEIJING MANYOU JI
书　　　号 / ISBN 978-7-5630-6932-3
责任编辑 / 毛积孝
特约校对 / 黎　红
装帧设计 / 刘昌凤
出版发行 / 河海大学出版社
地　　　址 / 南京市西康路1号（邮编：210098）
电　　　话 / （025）83737852（总编室）
　　　　　　 /（025）83722833（营销部）
经　　　销 / 全国新华书店
印　　　刷 / 三河市华晨印务有限公司
开　　　本 / 660毫米×960毫米　　1/16
印　　　张 / 12.5
字　　　数 / 146千字
版　　　次 / 2021年9月第1版
印　　　次 / 2021年9月第1次印刷
定　　　价 / 69.80元

# 北京记忆

北京，中国首都，一座拥有三千多年历史的城市，在数千年精神文化的渗透、渲染和人文景观的烘托下，俨然成为中华民族精神文化的缩影。

关于北京城的历史，最早可追溯至商朝时期。当时，尧帝之后在今北京地区建立国，称为蓟。周灭商后，周武王封召公奭于燕，封尧帝之后还于蓟。不久，燕国向外扩张，大败蓟国，迁都于蓟。

春秋战国时期，燕国因国力较弱，不被中原诸侯重视。公元前311年，在赵武灵王和秦惠王的帮助下，燕公子职回国继承王位，史称"燕昭王"。他在位时，燕国才正式开始进入强盛时期，一跃成为"战国七雄"之一。他设立金台招贤，广收天下贤士为己用。之后，以乐毅为帅，联合五国军队攻打齐国，一洗当年之耻。

秦汉时期，北京属于北方重镇。秦统一六国后，改燕都为蓟县，隶属广阳郡。西汉时期，此地曾经多次辗转，分别隶属于幽州、渔阳郡，直至东汉时期，才重新回归广阳郡。

隋朝时期，幽州改为涿郡。唐朝时期，又改回幽州。后来，"安史之乱"期间，安禄山于幽州称帝，国号"大燕"，并改此地为大都。之后，史思明夺取大燕政权，又将此地改名为燕京。

五代时期，后晋石敬瑭将燕云十六州献给了辽。辽统治时期，于此建立陪都，改为南京幽都府。北宋时期，宋与辽开战，意欲收复被辽所占的燕云十六州，然一直未成功，直至与金国联合，才成功灭辽，收复了燕云十六州。奈何不久，金国伐宋，宋再次失去了此地的统治权。

1153 年，金国于此建都，改名为中都。由此，拉开了北京成为我国封建王朝政治中心的序幕。之后的元、明、清三朝，也均于此建都。

辛亥革命后，"中华民国"先是定都南京，后迁都北京。1928 年，南京政府成立，将首都迁回南京，北京改名为北平。

1949 年 1 月，人民解放军进入北平，北平和平解放。同年 9 月，中国人民政治协商会议第一届全体会议通过《关于中华人民共和国国都、纪年、国歌、国旗的决议》，北平更名为北京，成为我国的首都。

从商之蓟国到燕之国都，从秦汉之县郡到唐之幽州，从金国之中都到元之大都，从明清之帝京到如今之首都，北京不仅保留了辉煌的帝都文化，还有那几千年的文化底蕴。

北京是一座大型的历史馆，仿若是几千年来，一代一代的人一天天、一笔笔精心描摹出来的。故宫、颐和园、圆明园、万里长城等，这些耳熟能详的胜迹暂且不谈；单论那北京城的中轴线设计，不仅汇聚了中国礼制、民俗、风水等各类文化，还透露着古人"天人合一"的审美理念。就连建筑大师梁思成先生也曾说过，"北京的独有的壮美秩序就由这条中轴线的建立而产生"。因此，这一条线足以彰显中华民族的传统文化。

若要感受北京的市井生活，胡同是你必钻的地方。在北京，胡同也是多如牛毛的。有名的、没名的，都有被保护的资格。胡同里的故事数不清，胡同里的生活也很日常。对于生活在这里的人来说，胡同是童年难忘的记忆，是对故乡永恒的情怀。老槐树、葡萄藤，有树的小院子是胡同里的标配；儿化音、吆喝声，走街串巷的叫卖是胡同里的热闹；冰糖葫芦、老冰棍，一串一串的是至今也让人怀念的味道……此时，就差那一位迎面而来拎着鸟笼的老者了。此情此景，我想你才会恍然大悟，惊呼"就是这味儿"！

这里的历史没有被洗刷，这里的文明一直在更新。而今，北京除了京味儿、京韵，繁华的现代都市味儿也十分浓重。霓虹闪烁的三里屯、王府井、西单，一方一圆的水立方、鸟巢，等等，这些都在给这座古老的城市注入时代的新血液。

北京是一座古老与现代交相辉映的城市，是一座十分有包容性的城市。五湖四海的人们会聚而来，在这里寻找梦想、创造价值，而它也不会轻慢任何一位异乡客。

总之，对于北京，不管我们的记忆是宏大古老，还是市井烟火，这一座城市都已开始被重新定义了。

北京是北京，北京又不仅仅是北京。

一｜四季·季候更迭染京华

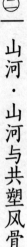

（二）山河·山河与共塑风骨

（三）古迹·千年岁月酿古味

（四）市井·市井欢闹人世悠

（一）

四季・季候更迭染京华

# 五月的北平

张恨水

北京的春,虽然迟了点,让所有的人一念再念。还好,终于在这五月,盼望的春意开始染遍京华。在北京,槐树是最常见的树种。浅白微绿的槐花,更是深植于北京人情感中对春的记忆。

能够代表东方建筑美的城市,在世界上,除了北平,恐怕难找第二处了。描写北平的文字,由国文到外国文,由元代到今日,那是太多了,要把这些文字抄写下来,随便也可以出百万言的专书。现在要说北平,那真是一部廿四史,无从说起。若写北平的人物,就以目前而论,由文艺到科学,由最崇高的学者到雕虫小技的绝世能手,这个城圈子里,也俯拾即是,要一一介绍,也是不可能。北平这个城,特别能吸收有学问、有技巧的人才,宁可在北平为静止得到生活无告的程度,他们也不肯离开。不要名,也不要钱,就是这样穷困着下去。这实在是件怪事。你又叫我写哪一位才让圈子里的人过瘾呢?

静的不好写,动的也不好写,现在是五月(旧的历法合四月),我们还是写点五月的眼前景物吧。北平的五月,那是一年里的黄金时代。任何树木,都发生了嫩绿的叶子,处处是绿荫满地。卖芍药花的担子,天天摆在十字街头。洋槐树开着其白如雪的花，在绿叶上一球球地顶着。街，人家院落里，随处可见。柳絮飘着雪花，在冷静的胡同里飞。枣树也开花了，在人家的白粉墙头，送出兰花的香味。北平春季多风，但到五月，风季就过去了（今年春季无风）。市民开始穿起夹衣，在不暖的阳光里走。北平的公园，既多又大。只要你有工夫，花不成其为数目的票价，亦可以在锦天铺地、雕栏玉砌的地方消磨一半天。

照着上面所谈，这范围还是太广，像看《四库全书》一样。虽然只成个提要，也觉得应接不暇。让我来缩小范围，只谈一个中人之家吧。北平的房子，大概都是四合院。这个院子，就可以雄视全国建筑。洋楼带花园，这是最令人羡慕的新式住房。可是在北平人看来，那太不算一回事了。北平所谓大宅门，哪家不是七八上下十个院子？哪个院子里不是花果扶疏？这且不谈，就是中产之家，除了大院一个，总还有一两个小院相配合。这些院子里，除了石榴树、金鱼缸，到了春深，家家由屋里度过寒冬搬出来。而院子里的树木，如丁香、西府海棠、藤萝架、葡萄架、垂柳、洋槐、刺槐、枣树、榆树、山桃、珍珠梅、榆叶梅，也都成人家普通的栽植物，这时，都次第地开过花了。尤其槐树，不分大街小巷，不分何种人家，到处都栽着有。在五月里，你如登景山之巅，对北平城作个鸟瞰，你就看到北平市房全参差在绿海里。这绿海就大部分是槐树造成的。

洋槐传到北平，似乎不出五十年，所以这类树，树木虽也有高到五六丈的，都是树干还不十分粗。刺槐却是北平的土产，树兜可以合抱，而树身高到十丈的，那也很是平常。洋槐是树叶子一绿就开花，正在五月，花是成球地开着，串子不长，远望有些像南方的白绣球。刺槐是七月开花，都是一串串有刺，像藤萝（南方叫紫藤）。不过是白色的而已。洋槐香浓，刺槐不大香，所以五月里草绿油油的季节，洋槐开花，最是凑趣。

在一个中等人家，正院子里可能就有一两株槐树，或者是一两株枣树。尤其是城北，枣树逐家都有，这是"早子"的谐音，取一个吉利。在五月里，下过一回雨，槐叶已在院子里着上一片绿荫。白色的洋槐花在绿枝上堆着雪球，太阳照着，非常地好看。枣子花是看不见的，淡绿色，和小叶的颜色同样，而且它又极小，只比芝麻大些，所以随便看不见。可是它那种兰蕙之香，在风停日午的时候，在月明如昼的时候，把满院子都浸润在幽静淡雅的境界。假使这人家有些盆景（必然有），石榴花开着火星样的红点，夹竹桃开着粉红的桃花瓣，在上下皆绿的环境中，这几点红色，娇艳绝伦。北平人又爱随地种草本的花籽，这时大小花秧全都在院子里拔地而出，一寸到几寸长的不等，全表示了欣欣向荣的样子。北平的屋子，对院子的一方面，照例下层是土墙，高二三尺，中层是大玻璃窗，玻璃大得像百货店的货窗相等，上层才是花格活窗。桌子靠墙，总是在大玻璃窗下。主人翁若是读书伏案写字，一望玻璃窗外的绿色，映入眉宇，那实在是含有诗情画意的。而且这样的点缀，并不花费主人什么钱的。

北平这个地方，实在适宜于绿树的点缀，而绿树能亭亭如盖的，又莫过于槐树。在东西长安街，故宫的黄瓦红墙，配上那一碧千株的槐林，简直就是一幅彩画。在古老的胡同里，四五株高槐，映带着平正的土路、低矮的粉墙，行人很少，在白天就觉得其意幽深，更无论月下了。在宽平的马路上，如南、北池子，如南、北长街，两边槐树整齐划一，连续不断，有三四里之长，远远望去，简直是一条绿街。在古庙门口，红色的墙，半圆的门，几株大槐树在庙外拥立，把低矮的庙整个罩在绿荫下，那情调是肃穆典雅的。在伟大的公署门口，槐树分立在广场两边，好像排列着伟大的仪仗，又加重了几分雄壮之气。太多了，我不能把她一一介绍出来，有人说五月的北平是碧槐的城市，那却是一点没有夸张。

当承平之时，北平人所谓"好年头儿"；在这个日子，也正是故都人士最悠闲舒适的日子，在绿荫满街的当儿，卖芍药花的平头车子整车的花骨蕾推了过去。卖冷食的担子，在幽静的胡同里叮当作响，敲着冰盏儿，这很表示这里一切的安定与闲静。渤海来的海味，如黄花鱼、对虾，放在冰块上卖，已特别有风趣。又如乳油杨梅、蜜饯樱桃、藤萝饼、玫瑰糕，吃起来还带些诗意。公园里绿叶如盖，三海中水碧如油，随处都是令人享受的地方。但是这一些，我不能、也不愿往下写。现在，这里是邻近炮火边沿，南方人来说这里是第一线了。北方人吃的面粉，三百多万元一袋；南方人吃的米，卖八万多元一斤。穷人固然是朝不保夕，中产之家虽改吃糙粉度日，也不知道这糙粮允许吃多久。街上的槐树虽然还是碧净如前，但已失去了一切悠闲的点缀，人家院子里，虽是不花钱的庭树，还依然送了绿荫来，这绿荫在人家不是幽丽，巧是凄凄惨惨的象征。孰实为之？孰令致之？我们也就无从问人，《阿房宫赋》前段写得那样富丽，后面接着是一叹："秦人不自哀！"现在的北平人，倒不是不自哀，其如他们哀亦无益何！

好一座富于东方美的大城市呀，他整个儿在战栗！好一座千年文化的结晶呀，他不断地在枯萎！呼吁于上天，上天无言，呼吁于人类，人类摇头。其奈之何！

# 燕居夏亦佳

张恨水

北京的夏，没有流火之感，没有炙烤之气，绿树荫垂，水凉瓜甜。而那凉爽的夏夜更让人喜。掀帘出望，胡同深处有曲儿悠扬，头上天空有残月疏星，这或许就是一天最让人愉悦的时刻吧。

到了阳历七月，在重庆真有流火之感。现在虽已踏进了八月，秋老虎虎视眈眈，说话就来，真有点谈热色变，咱们一回想到了北平，那就觉得当年久住在那儿，是人在福中不知福。不用说逛三海上公园，那里简直没有夏天。就说你在府上吧，大四合院里，槐树碧油油的，在屋顶上撑着一把大凉伞儿，那就够清凉。不必高攀，就凭咱们拿笔杆儿的朋友，院子里也少不了石榴盆景金鱼缸。这日子石榴结着酒杯那么大，盆里荷叶伸出来两三尺高，撑着盆大的绿叶儿，四围配上大小七八盆草木花儿，什么颜色都有，统共不会要你花上两元钱，院子里白粉墙下，就很有个意思。你若是摆得久了，卖花儿的逐日会到胡同里来吆唤，换上一批就得啦。小书房门口，垂上一幅竹帘儿，窗户上糊着五六枚一尺的冷布，既透风，屋子里可飞不进来一只苍蝇。花上这么两毛钱，买上两三把玉簪花红白晚香玉，向书桌上花瓶子一插，足香个两三天。屋夹角里，放上一只绿漆的洋铁冰箱，连红漆木架在内，只花两三元钱。每月再花一元五角钱，每日有送天然冰的，搬着四五斤重一块的大冰块，带了北冰洋的寒气，送进这冰箱。若是爱吃水果的朋友，花一二毛钱，把虎拉车（苹果之一种，小的）大花红，脆甜瓜之类，放在冰箱里镇一镇，什么时候吃，什么时候拿出来，又凉又脆又甜。再不然，买几大枚酸梅，五分钱白糖，煮上一大壶酸梅汤，向冰箱里一镇，到了两点钟，槐树上知了儿叫处正酣，不用午睡啦，取出汤来，一个人一碗，全家喝他一个"透心儿凉"。

北平这儿，一夏也不过有七八天热上华氏九十度。其余的日子，屋子里平均总是华氏八十来度，早晚不用说，只有华氏七十来度。碰巧下上一阵黄昏雨，晚半晌睡觉，就非盖被不成。所以耍笔杆儿的朋友，在绿荫荫的纱窗下，鼻子里嗅着瓶花香，除了正午，大可穿件小汗衫儿，从容工作。若是喜欢夜生活的朋友，更好，电灯下，晚香玉更香。写得倦了，恰好胡同深处唱曲儿的，奏着胡琴弦子鼓板，悠悠而去。掀帘出望，残月疏星，风露满天，你还会缺少"烟士披里纯"吗？

# 冰雪北海

张恨水

张恨水先生说，北方的雪都是堆积不化的。
或许因此，人们常以为万物在北方多是不堪
经冬的。白茫茫的一片，似乎真就没什么可
看的了。谁知那白雪纷飞，只一夜的时光，
北京就成了紫禁城。

　　北平的雪，是冬季一种壮观景象。没有到过北方的南方人，不会想象
到它的伟大。大概有两个月到三个月，整个北平城市，都笼罩在一片白光下。
登高一望，觉得这是个银装玉琢的城市。自然，北方的雪，在北方任何一
个城市，都是堆积不化的，没有什么可看的。只有北平这个地方，有高大
的宫殿，有整齐的街巷，有伟大的城圈，有三海几片湖水，有公园、太庙、
天坛几片柏林，有红色的宫墙，有五彩的牌坊，在积雪满眼，白日行天之时，
对这些建筑，更觉得壮丽光辉。

　　要赏鉴令人动心的景致，莫如北海。湖面让厚冰冻结着，变成了一面
数百亩的大圆镜。北岸的楼阁树林，全是玉洗的。尤其是五龙亭五座带桥
的亭子，和小西天那一幢八角宫殿，更映现得玲珑剔透。若由北岸看南岸，
更有趣。琼岛高拥，真是一座琼岛。山上的老柏树，被雪反映成了黑色。
黑树林子里那些亭阁上面是白的，下面是阴黯的，活像是水墨画。北海塔

涂上了银漆，有一丛丛的黑点绕着飞，是乌鸦在闹雪。岛下那半圆形的长栏，夹着那一个红漆栏杆、雕梁画栋的漪澜堂。又是素绢上画了一个古装美人，颜色是格外鲜明。

五龙亭中间一座亭子，四面装上玻璃窗户，雪光冰光反射进来，那种柔和悦目的光线，也是别处寻找不到的景观。亭子正中，茶社生好了熊熊红火的铁炉，这里并没有一点寒气。游客脱下了臃肿的大衣，摘下罩额的暖帽，身子先轻松了。靠玻璃窗下，要一碟羊糕，来二两白干，再吃几个这里的名产肉末夹烧饼。周身都暖和了，高兴渡海一游，也不必长途跋涉东岸那片老槐雪林，可以坐冰床。冰床是个无轮的平头车子，滑木代了车轮，撑冰床的人，拿了一根短竹竿，站在床后稍一撑，冰床哧溜一声，向前飞奔了去。人坐在冰床上，风呼呼地由耳鬓吹过去。这玩意比汽车还快，却又没有一点汽车的响声。这里也有更高兴的游人，却是踏着冰湖走了过去。我们若在稍远的地方，看看那滑冰的人，像在一张很大的白纸上，飞动了许多黑点，那活是电影上一个远镜头。

走过这整个北海，在琼岛前面，又有一弯湖冰。北国的青年，男女成群结队的，在冰面上溜冰。男子是单薄的西装，女子穿了细条儿的旗袍，各人肩上，搭了一条围脖，风飘飘的吹了多长，他们在冰上歪斜驰骋，作出各种姿势，忘了是在冰点以下的温度过活了。在北海公园门口，你可以看到穿戴整齐的摩登男女，各人肩上像搭梢马裤子似的，挂了一双有冰刀的皮鞋，这是上海香港摩登世界所没有的。

# 故都的秋

郁达夫

北京的秋，在郁达夫的笔下，是"花园"般的存在。看似容不下一点点的诗意，却是写在槐树落蕊上的诗，是写在秋蝉残声里的诗，是写在湛黄硕果上的诗……是悲凉，也是柔软。

秋天，无论在什么地方的秋天，总是好的；可是啊，北国的秋，却特别地来得清，来得静，来得悲凉。我的不远千里，要从杭州赶上青岛，更要从青岛赶上北平来的理由，也不过想饱尝一尝这"秋"，这故都的秋味。

江南，秋当然也是有的；但草木凋得慢，空气来得润，天的颜色显得淡，并且又时常多雨而少风；一个人夹在苏州上海杭州，或厦门香港广州的市民中间，混混沌沌地过去，只能感到一点点清凉，秋的味，秋的色，秋的意境与姿态，总看不饱，尝不透，赏玩不到十足。秋并不是名花，也并不是美酒，那一种半开、半醉的状态，在领略秋的过程上，是不合适的。

不逢北国之秋，已将近十余年了。在南方每年到了秋天，总要想起陶然亭的芦花，钓鱼台的柳影，西山的虫唱，玉泉的夜月，潭柘寺的钟声。在北平即使不出门去罢，就是在皇城人海之中，租人家一椽破屋来住着，早晨起来，泡一碗浓茶，向院子一坐，你也能看得到很高很高的碧绿的天色，听得到青天下驯鸽的飞声。从槐树叶底，朝东细数着一丝一丝漏下来的日光，或在破壁腰中，静对着像喇叭似的牵牛花（朝荣）的蓝朵，自然而然地也能够感觉到十分的秋意。说到了牵牛花，我以为以蓝色或白色者为佳，紫黑色次之，淡红色最下。最好，还要在牵牛花底，教长着几根疏疏落落的尖细且长的秋草，使作陪衬。

北国的槐树，也是一种能使人联想起秋来的点缀。像花而又不是花的那一种落蕊，早晨起来，会铺得满地。脚踏上去，声音也没有，气味也没有，只能感出一点点极微细极柔软的触觉。扫街的在树影下一阵扫后，灰土上留下来的一条条扫帚的丝纹，看起来既觉得细腻，又觉得清闲，潜意识下并且还觉得有点儿落寞，古人所说的梧桐一叶而天下知秋的遥想，大约也就在这些深沉的地方。

秋蝉的衰弱的残声，更是北国的特产；因为北平处处全长着树，屋子又低，所以无论在什么地方，都听得见它们的啼唱。在南方是非要上郊外或山上去才听得到的。这秋蝉的嘶叫，在北平可和蟋蟀耗子一样，简直像是家家户户都养在家里的家虫。

还有秋雨哩，北方的秋雨，也似乎比南方下得奇，下得有味，下得更像样。

在灰沉沉的天底下，忽而来一阵凉风，便息列索落的下起雨来了。一层雨过，云渐渐地卷向了西去，天又晴了，太阳又露出脸来了；着着很厚的青布单衣或夹袄的都市闲人，咬着烟管，在雨后的斜桥影里，上桥头树底去一立，遇见熟人，便会用了缓慢悠闲的声调，微叹着互答着的说：

"唉，天可真凉了——"（这了字念得很高，拖得很长。）

"可不是吗？一层秋雨一层凉啦！"

北方人念阵字，总老像是层字，平平仄仄起来，这念错的歧韵，倒来得正好。

北方的果树，到秋来，也是一种奇景。第一是枣子树；屋角，墙头，茅房边上，灶房门口，它都会一株株的长大起来。像橄榄又像鸽蛋似的这枣子颗儿，在小椭圆形的细叶中间，显出淡绿微黄的颜色的时候，正是秋的全盛时期；等枣树叶落，枣子红完，西北风就要起来了，北方便是尘沙灰土的世界，只有这枣子，柿子，葡萄，成熟到八九分的七八月之交，是北国的清秋的佳日，是一年之中最好也没有的 Golden Days。

有些批评家说，中国的文人学士，尤其是诗人，都带着很浓厚的颓废色彩，所以中国的诗文里，颂赞秋的文字特别的多。但外国的诗人，又何尝不然？我虽则外国诗文念得不多，也不想开出账来，做一篇秋的诗歌散文钞，但你若去一翻英德法意等诗人的集子，或各国的诗文的 Anthology 来，总能够看到许多关于秋的歌颂与悲啼。各著名的大诗人的长篇田园诗或四季诗里，也总以关于秋的部分，写得最出色而最有味。足见有感觉的动物，有情趣的人类，对于秋，总是一样的能特别引起深沉，幽远，严厉，萧索的感触来的。不单是诗人，就是被关闭在牢狱里的囚犯，到了秋天，我想也一定会感到一种不能自己的深情；秋之于人，何尝有国别，更何尝有人种阶级的区别呢？不过在中国，文字里有一个"秋士"的成语，读本里又有着很普遍的欧阳子的《秋声》与苏东坡的《赤壁赋》等，就觉得中国的文人，与秋的关系特别深了。可是这秋的深味，尤其是中国的秋的深味，非要在北方，才感受得到底。

　　南国之秋，当然是也有它的特异的地方的，譬如廿四桥的明月，钱塘江的秋潮，普陀山的凉雾，荔枝湾的残荷等等，可是色彩不浓，回味不永。比起北国的秋来，正像是黄酒之与白干，稀饭之与馍馍，鲈鱼之与大蟹，黄犬之与骆驼。

　　秋天，这北国的秋天，若留得住的话，我愿意把寿命的三分之二折去，换得一个三分之一的零头。

1934 年 8 月，在北平

# 北平的四季

郁达夫

四季的进度条在北京没有被严格把控，却在郁
达夫的心里霸占了独一无二的偏爱。春的惊喜，
夏的阴凉，秋的盈满，冬的沉思，四季一轮回，
重复的模子里有一种幸福的滋味。

对于一个已经化为异物的故人，追怀起来，总要先想到他或她的好处；随后再慢慢地想想，则觉得当时所感到的一切坏处，也会变作很可寻味的一些纪念，在回忆里开花。关于一个曾经住过的旧地，觉得此生再也不会第二次去长住了，身处入了远离的一角，向这方向的云天遥望一下，回想起来的，自然也同样地只是它的好处。

中国的大都会，我前半生住过的地方，原也不在少数；可是当一个人静下来回想起从前，上海的闹热，南京的辽阔，广州的乌烟瘴气，汉口武昌的杂乱无章，甚至于青岛的清幽，福州的秀丽，以及杭州的沉着，总归都还比不上北京——我住在那里的时候，当然还是北京——的典丽堂皇，幽闲清妙。

先说人的分子罢，在当时的北京——民国十一二年前后——上自军财阀政客名优起，中经学者名人，文士美女教育家，下而至于负贩拉车铺小

摊的人，都可以谈谈，都有一艺之长，而无憎人之貌；就是由荐头店荐来的老妈子，除上炕者是当然以外，也总是衣冠楚楚，看起来不觉得会令人讨嫌。

其次说到北京物质的供给哩，又是山珍海错，洋广杂货，以及萝卜白菜等本地产品，无一不备，无一不好的地方。所以在北京住上两三年的人，每一遇到要走的时候，总只感到北京的空气太沉闷，灰沙太暗淡，生活太无变化；一鞭走出，出前门便觉胸舒，过芦沟方知天晓，仿佛一出都门，就上了新生活开始的坦道似的；但是一年半载，在北京以外的各地——除了在自己幼年的故乡以外——去一住，谁也会得重想起北京，再希望回去，隐隐地对北京害起剧烈的怀乡病来。这一种经验，原是住过北京的人，个个都有，而在我自己，却感觉得格外的浓，格外的切。最大的原因或许是为了我那长子之骨，现在也还埋在郊外广谊园的坟山，而几位极要好的知己，又是在那里同时毙命的受难者的一群。

北平的人事品物，原是无一不可爱的，就是大家觉得最要不得的北平的天候，和地理联合上一起，在我也觉得是中国各大都会中所寻不出几处来的好地。为叙述的便利起见，想分成四季来约略地说说。

北平自入旧历的十月以后，就是灰沙满地，寒风刺骨的节季了，所以北平的冬天，是一般人所最怕过的日子。但是要想认识一个地方的特异之处，我以为顶好是当这特异处表现得最圆满的时候去领略；故而夏天去热带，寒天去北极，是我一向所持的哲理。北平的冬天，冷虽则比南方要冷得多，但是北方生活的伟大幽闲，也只有在冬季，使人感受得最澈底。

先说房屋的防寒装置吧，北方的住屋，并不同南方的摩登都市一样，用的是钢骨水泥，冷热气管；一般的北方人家，总只是矮矮的一所四合房，四面是很厚的泥墙；上面花厅内都有一张暖炕，一所回廊；廊子上是一带明窗，窗眼里糊着薄纸，薄纸内又装上风门，另外就没有什么了。在这样简陋的房屋之内，你只教把炉子一生，电灯一点，棉门帘一挂上，在屋里住着，却一辈子总是暖炖炖像是春三四月里的样子。尤其会得使你感觉到屋内的温软堪恋的，是屋外窗外面乌乌在叫啸的西北风。天色老是灰沉沉的，路上面也老是灰的围障，而从风尘灰土中下车，一踏进屋里，就觉得一团春气，包围在你的左右四周，使你马上就忘记了屋外的一切寒冬的苦楚。若是喜欢吃吃酒，烧烧羊肉锅的人，那冬天的北方生活，就更加不能够割舍；酒已经是御寒的妙药了，再加上以大蒜与羊肉酱油合煮的香味，简直可以使一室之内，涨满了白蒙蒙的水蒸温气。玻璃窗内，前半夜，会流下一条条的清汗，后半夜就变成了花色奇异的冰纹。

到了下雪的时候哩，景象当然又要一变。早晨从厚棉被里张开眼来，一室的清光，会使你的眼睛眩晕。在阳光照耀之下，雪也一粒一粒的放起光来了，蛰伏得很久的小鸟，在这时候会飞出来觅食振翎，谈天说地，吱吱的叫个不休。数日来的灰暗天空，愁云一扫，忽然变得澄清见底，翳障全无；于是年轻的北方住民，就可以营屋外的生活了，溜冰，做雪人，赶冰车雪车，就在这一种日子里最有劲儿。

我曾于这一种大雪时晴的傍晚，和几位朋友，跨上跛驴，出西直门上骆驼庄去过过一夜。北平郊外的一片大雪地，无数枯树林，以及西山隐隐现现的不少白峰头，和时时吹来的几阵雪样的西北风，所给与人的印象，实在是深刻，伟大，神秘到了不可以言语来形容。直到了十余年后的现在，我一想起当时的情景，还会得打一个寒颤而吐一口清气，如同在钓鱼台溪旁立着的一瞬间一样。

北国的冬宵，更是一个特别适合于看书，写信，追思过去，与作闲谈说废话的绝妙时间。记得当时我们弟兄三人，都住在北京，每到了冬天的晚上，总不远千里地走拢来聚在一道，会谈少年时候在故乡所遇所见的事事物物。小孩们上床去了，佣人们也都去睡觉了，我们弟兄三个，还会得再加一次煤再加一次煤地长谈下去。有几宵因为屋外面风紧天寒之故，到了后半夜的一二点钟的时候，便不约而同地会说出索性坐坐到天亮的话来。像这一种可宝贵的记忆，像这一种最深沉的情调，本来也就是一生中不能够多享受几次的昙花佳境，可是若不是在北平的冬天的夜里，那趣味也一定不会得像如此的悠长。

总而言之，北平的冬季，是想赏识赏识北方异味者之唯一的机会；这一季里的好处，这一季里的琐事杂忆，若要详细地写起来，总也有一部《帝京景物略》那么大的书好做；我只记下了一点点自身的经历，就觉得过长了，下面只能再来略写一点春和夏以及秋季的感怀梦境，聊作我的对这日就沦亡的故国的哀歌。

春与秋，本来是在什么地方都属可爱的时节，但在北平，却与别地方也有点儿两样。北国的春，来得较迟，所以时间也比较地短。西北风停后，积雪渐渐地消了，赶牲口的车夫身上，看不见那件光板老羊皮的大袄的时候，你就得预备着游春的服饰与金钱；因为春来也无信，春去也无踪，眼睛一眨，在北平市内，春光就会得同飞马似的溜过。屋内的炉子，刚拆去不久，说不定你就马上得去叫盖凉棚的才行。

而北方春天的最值得记忆的痕迹，是城厢内外的那一层新绿，同洪水似的新绿。北京城，本来就是一个只见树木不见屋顶的绿色的都会，一踏出九城的门户，四面的黄土坡上，更是杂树丛生的森林地了；在日光里颤抖着的嫩绿的波浪，油光光，亮晶晶，若是神经系统不十分健全的人，骤然间身入到这一个淡绿色的海洋涛浪里去一看，包管你要张不开眼，立不住脚，而昏厥过去。

北平市内外的新绿，琼岛春阴，西山挹翠诸景里的新绿，真是一幅何等奇伟的外光派的妙画！但是这画的框子，或者简直说这画的画布，现在却已经完全掌握在一只满长着黑毛的巨魔的手里了！北望中原，究竟要到哪一日才能够重见得到天日呢？

从地势纬度上讲来，北方的夏天，当然要比南方的夏天来得凉爽。在北平城里过夏，实在是并没有上北戴河或西山去避暑的必要。一天到晚，最热的时候，只有中午到午后三四点钟的几个钟头，晚上太阳一下山，总没有一处不是凉阴阴要穿单衫才能过去的；半夜以后，更是非盖薄棉被不可了。而北平的天然冰的便宜耐久，又是夏天住过北平的人所忘不了的一件恩惠。

我在北平，曾经过过三个夏天；像什刹海，菱角沟，二闸等暑天游耍的地方，当然是都到过的；但是在三伏的当中，不问是白天或是晚上，你只教有一张藤榻，搬到院子里的葡萄架下或藤花阴处去躺着，吃吃冰茶雪藕，听听盲人的鼓词与树上的蝉鸣，也可以一点儿也感不到炎热与薰蒸。而夏天最热的时候，在北平顶多总不过九十四五度，这一种大热的天气，全夏顶多顶多又不过十日的样子。

在北平，春夏秋的三季，是连成一片；一年之中，仿佛只有一段寒冷的时期，和一段比较得温暖的时期相对立。由春到夏，是短短的一瞬间，自夏到秋，也只觉得是过了一次午睡，就有点儿凉冷起来了。因此，北方的秋季也特别的觉得长，而秋天的回味，也更觉得比别处来得浓厚。前两年，因去北戴河回来，我曾在北平过过一个秋，在那时候，已经写过一篇《故都的秋》，对这北平的秋季颂赞过一遍了，所以在这里不想再来重复；可是北平近郊的秋色，实在也正像是一册百读不厌的奇书，使你愈翻愈会感到兴趣。

秋高气爽，风日晴和的早晨，你且骑着一匹驴子，上西山八大处或玉泉山碧云寺去走走看；山上的红柿，远处的烟树人家，郊野里的芦苇黍稷，以及在驴背上驮着生果进城来卖的农户佃家，包管你看一个月也不会看厌。春秋两季，本来是到处好的，但是北方的秋空，看起来似乎更高一点，北方的空气，吸起来似乎更干燥健全一点。而那一种草木摇落，金风肃杀之感，在北方似乎也更觉得要严肃，凄凉，沉静得多。你若不信，你且去西山脚下，农民的家里或古寺的殿前，自阴历八月至十月下旬，去住它三个月看看。古人的"悲哉秋之为气"以及"胡笳互动，牧马悲鸣"的那一种哀感，在南方是不大感觉得到的，但在北平，尤其是在郊外，你真会得感至极而涕零，思千里兮命驾。所以我说，北平的秋，才是真正的秋；南方的秋天，不过是英国话里所说的 Indian Summer 或叫作小春天气而已。

统观北平的四季，每季每节，都有它的特别的好处；冬天是室内饮食奄息的时期，秋天是郊外走马调鹰的日子，春天好看新绿，夏天饱受清凉。至于各节各季，正当移换中的一段时间哩，又是别一种情趣，是一种两不相连，而又两都相合的中间风味，如雍和宫的打鬼，净业庵的放灯，丰台的看芍药，万牲园的寻梅花之类。

五六百年来文化所聚萃的北平，一年四季无一月不好的北平，我在遥忆，我也在深祝，祝她的平安进展，永久地为我们黄帝子孙所保有的旧都城！

1936 年 5 月 27 日

# 清华园之菊

孙福熙

适逢花期，清华园内的菊花正开得旺盛。满园芬芳，让人心驰神往。"我"不由得想要用笔勾勒轮廓，填满颜色，描绘出一朵朵生动的菊花图。或许，此时画菊赏菊多有些不合时宜。但面对这一片沁人心脾的幽香，谁能做到不醉心、不动心呢？

归途中，我屡屡计画回来后画中国的花鸟，我的热度是很高的。不料回到中国，事事不合心意，虽然我相信这是我偷懒之故，但总觉得在中国的花鸟与在中国的人一样的不易亲近，是个大原因。现在竟得与这许多的菊花亲近而且画来的也有六十二种，我意外的恢复对我自己的希望。

承佩弦兄之邀，我第一次游清华学校。在与澳青君一公君三人殷勤的招待中，我得到很好的印象，我在回国途中渴望的中国式的风景中的中国式人情，到此最浓厚的体味了；而且他们兼有法国富有的活泼与喜悦，这也是我回国后第一次遇见的。

在这环境中我想念法国的友人，因为他们是活泼而喜悦的，尤其因为他们是如此爱慕中国的风景人情的。在信中我报告他们的第一句就说我在看菊花；实在，大半为了将来可以给他们看的缘故，我尽量的画了下来。

从这个机会以后，我与菊花结了极好的感情，于是凡提到清华就想起菊花，而遇到菊花又必想见清华了。

在我们和乐的谈话中，电灯光底下，科学馆、公事厅与古月堂等处，满是各种秀丽的菊花，为我新得的清华的印象作美。然而我在清华所见的菊花，大都并不在此而在西园。

广大的西园中，大小的柳树，带了一半未落的黄叶，杂立其间，我们在这曲折的路径中且走且等待未曾想象过的美景。走到水田的旁边，芦苇已转为黄色，小雀们在这里飞起而又在稍远处投下。就在这旁边，有一道篱笆，我们推开柴门进去。花畦很整齐的排列着，其中有一条是北面较高中间洼下的，上面半遮芦帘。许多菊花从这帘中探头向外，呵，我的心花怒放了！

然而引导者并不停足，径向前面的一所茅屋进行。屋向南，三面有土墙，就是挖窝中的泥所筑的，正可利用。留南面，日光可以射入。当我一步一步的从土阶下去时，骤然间满室高低有序的花朵印上我的心头，我惊惧似的喘息，比初对大众演说时更是害羞，听演说的人的心理究竟还容易推测，因为他们只是与我仿佛的人；而众菊花则不然，只要看他们能竭尽心力的表现出各个的特长，可见他们不如大多数人的浅薄的，我疑惧他们不知如何的在窃笑我的丑陋呢。可是，我静下心来体察，满室的庄严与和蔼，他们个个在接纳我。在温和而清丽的气流中，众香轻扑过来，更不必说叶片的向我招展与花头的向我顾盼了。于是我证明在归航中所渴望的画中国花鸟不只是梦想了。

等我上城来带了画具第二次到清华时，再见菊花，知道已变了些样子，半放者已较放大，有几朵的花瓣已稍下垂了。我着急，知道我的生命的迫促，而且珍惜我与花的因缘之难得，于是恨不得两手并画、恨不得两眼分看的忙乱开工了。

可是，……我对于我所爱慕的花将怎样的下笔呢？我深深的体味：此后，这样富有的花将永远保藏在我的纸上，虽然不敢说他将为我所主有；然而我将怎样能使他保留在我的纸上呢？我九分九的相信我不能画像他。试想一想，在一百笔二三百笔始能完成的一幅画中何难有一笔两笔的败笔呢。所以，在这短促不及踌躇中我该留神使这一二百笔丝毫没有污点。……于是，虽然很急，却因为爱他而不敢轻试，我尽管拿了笔擎在纸上不敢放下去。

我虽然刻刻竭力勉励从阔大处落墨，然而爱好细微的性质总像不可改易的了。在这千变万化奇上有奇的二百余种的当中，我第一张画的是"春水绿波"。洁白的花朵浮在翠绿的叶上，这已够妩媚的了，还有细管的花瓣抱焦黄的花心而射向四周，管的下端放开，其轻柔起伏有如水波的荡漾。我不怕亵渎他而在他面前来说尘埃：无论怎样巨细的秽物沾在他的上面，决不能害他的洁白，因为他有他的本性，不必矜夸而人自然的仰慕他，所以也决不以外物之污浊而害真。我竭尽心目的对他体味。自信当已能领会他的外表不九分也八分了。可是我失败了，明白的看得出，在我纸上的远不及盆中的，——虽然我曾很担忧，因为我的纸上将保藏这样灿烂的花，非我所宜有。然而现在并不因失败而觉得担负的轻松。

镇静了我的抱歉、羞愧与失望的心思，我想，侥幸的花张起眼帘在看我作画，也决不因我不能传出他的神而恼怒的罢，我当如别的浊物之不能损害他是一样的。看了他的宽大与静默，我敢妄想，或者他在启示我，羞愧是不必的，失望尤其是不该，他这样装束、这样表现的向人，想必不是毫无用意的。于是我学了他静默的心，自然的有了勇气，继续画下去了。

这许多菊种于我都是新奇而十分可以爱慕的，在急忙而且贪多的手下将先画那几种呢？每一种花有纸条标出花名。"夕阳楼"高丈余，宽阔的瓣，内红而外如晚霞；"快雪时晴"直径有一尺，是这样庞大的一个雪球，闪着银光；"碧窗纱"细软而嫩绿，丝丝如垂帘；"银红龙须"从遒劲的细条中染出红芽的柔嫩……满眼各种性质不同的美丽，这与对一切事物一样，我不能品定谁第一，谁其次，我想指定先画谁也是做不到。于是我完全打消优劣的观念，在眼光如灯塔的旋转的时候，我一种一种的画。

高大的枝条上，绛红的一周，围在一轮黄色的花心外，这是很确切的名为"晓霞捧日"的。他的红色非我所能用我可怜的画盘中的颜色配合而模拟的。他最不愿有人世所有的形与色，却很喜欢有人追过他。少年人学了他的性质，做成愈难愈好的谜语要人去猜，人家猜中了，他便极其高兴。

我要感谢侍奉这种菊花的杨鲁二君，并且很想去领教他们的经验，特请一公兄为我请求。

四点钟以后，太阳渐渐的从花房斜过，只留得一角了，在微微的晚寒中我忙乱的画着。缓得几乎听不出的步声近我而来，到了我近旁时我才仰起头来看他，这就是种这菊花的杨寿卿先生。

眉目不轩不轾，很平静的表出他的细致与和蔼，从不轻易露出牙齿的口唇上立刻知道他是沉默而忍耐的，而额角以下口鼻之间的丝丝脉理是十分灵敏，自然的流露他的智慧，杨先生或指点或抚弄他亲爱的菊花，对我讲他培养的经验。

他种菊已五年了，然而他的担任清华学校职务是从筹备开办时起的。他说："每天做事很单调也很辛苦，所以种种菊花。"辛苦而再用心用力来种菊就可不辛苦，这有点道理了。

我竭力设想他所感觉到的菊花，然而这是怎么能够呢。他是从菊花的很小的萌芽看起的，而且他知道他们的爱恶，用了什么肥料他们便长大，受了多少雨水与日光他们便喜悦，他还知道今年的花与往年的比较。我是外行人，就是辨别花的形色也是不确实的；而他们要在没有花时识别花的种类，所以他只要见到叶的一角就认识这是那一种了，这与对家人好友听步声就知道是谁，看物品移动的方位就知道谁来过了是一样的。

每天到四点钟杨先生按时到来了。他提了水壶灌在干渴的花盆中，同时我也得到他灌输给我的新知识。

我以前只知道菊花是插枝的，倘若接枝他便开得更好，有的接在向日葵上，开来的菊花就如向日葵的大了。现在知道菊是可以采用种子的。插枝永远与母枝不变；而欲得新奇的花种非用子种不可。

这里就有奇怪的事了，取种子十粒下种，长起来便是不同的十种。可是这等新种并不株株是好的，今年四百新种当中只采了二十余种。不足取的是怎样的呢？这大概是每一朵中花瓣大小杂乱，不适合于美的条件统一匀称，所谓不成品是也。不成品的原因大概在于花粉太杂之故，所以收种应用人工配合法。

"紫虬龙"那样美丽的花就是配合而成的。细青直管的"喜地泥封"与拳曲的"紫气东来"相配合，就变了长管而又拳曲，如军乐用号的管子，这样有特性的了。他的父母都是紫色的，他也是紫色。倘若父母是异色的，则新种常像两者之一或介于两者之间，但决不出两者之外。因为他们在无穷的变化中也有若干的规律，所以配种当有制限了。大概花瓣粗细不同的两种配合总是杂乱的，所以配合以粗细相仿者为宜。

花房中，两株一组，有如跳舞的，有许多摆着，杨先生每次来时，拿了纸片，以他好生之德在各组的花间传送花粉。据说种子的结成是很迟的，有的要到第二年一月可收。我推想这类种子当年必不能开花的了，讵知大不然，下种在四月，当初确实很细弱，但到六月以后，他们就加工赶长，竟能长到一丈多高与插枝一样。

凡新种的花一定是很大的，不像老种如"天女散花"与"金连环"等等永远培植不大也不高者。可是第一年的花瓣总是很单的，以后一年一年的多起来：而在初年，花的形状也易变更，第一年是很整齐的，或者次年是很坏了，几年之后始渐渐的固定。

我很爱"大富贵"，他正在与"素带"配合。牡丹是被称为富贵花的，然而这名字不能表示他所有性状的大部。我要改称这种菊花为"牡丹"，因为他有牡丹所有一切的美德。他的身材一直高到茅屋的顶篷再俯下头来。花的直径大过一尺；展开一瓣，可以做一群小鸟的窠，可以做一对彩蝶的衾褥。我也仰着头瞻望他，希望或者我将因他而有这样丰满、这样灿烂的一个心。我明白，他不过是芥子的一小粒花蕾长大起来的，除少数有经验的以外，谁想到他是要成尺余大的花朵的。到现在，蜜蜂闹营营的阵阵飞来道贺，他虽静默着，也乐受蜂们的厚意。杨先生每晚拂刷"牡丹"的花粉送给"素带"；他身上是北京人常穿的蓝布大褂，然而他立在锦绣丛中可无愧色，他的服装因他的种菊而愈有荣誉了。我可预料而且急切的等待明年新颖种子的产出，我敢与杨、鲁二先生约："你们每年培植出新鲜颜色的菊种，而我也愿竭力研究我可怜的画盘中的颜色，希望能够追随。"这样两种美丽的花，在我们以为无可再美的了，不知明年还要产出许多的更美的新种，我真的神往了。对大众尽力表现这等奥妙是我们"做艺"的人的天职；在不可能的时候，我们只有尽心超脱自己，虽然我是不以此为满足的。

一人在远隔人群的花房中，听晚来归去的水鸟单独的在长空中飞鸣，枯去的芦叶惊风而哀怨，花房的茅蓬也丝丝飘动，我自问是否比孤鸟衰草较有些希望。满眼的菊花是我的师范，而且做了陪伴我的好友。他们偏不与众草同尽，挺身抗寒，且留给人间永不磨灭的壮丽的印象。我手下正在画"趵突喷玉"，他用无穷的力，缕缕如花筒的放射出来。他是纯白的，然而是灿烂的；他是倔强的，然而是建立在柔弱的身体上的。我心领这种教训了。

与杨先生合种菊花的鲁壁光先生正与杨先生同任舍务部职务的；每天正午是公余时间，轮到他来看护菊花。有一次，他引导几位客人来看菊，同时看我纸上的菊花，他看完每页时必移开得很缓，使不露出底下一张上我注有的花名。很高兴的，他与客人看了画猜出花的名字来。他说："画到这样猜得出，可不容易了。"

当时我非但不觉得他的话对我过誉，我要想，难道画了会不像的？所以我还可以生气的。我自己所觉得可以骄傲的，我相信，在中国不会有人为他们画过这许多种，我对他们感激，而他们也当认我为难逢罢。

临行的前夜，我到俱乐部去向杨先生道别，他在看人下棋。这一次的谈话又给我许多很大的见识。其中有一段，他说："北京曾有一人，画过一本菊谱。"我全神贯注的听他了。他继续说："他们父女合画，那是画得精细，连叶脉都画得极真的。因为每一种的叶都不同，叶子比花还重要，花不是年年一样的，在一年内必定画不好。所以要画一定要自己种花，知道今年这花开好了，可以画了。那两位父女自己种花，而且画了五年才成的。"我以为我的画菊是空前的。然而这时候我无暇忏悔我以前的自满了。……

杨先生幼年时就种花，因为他的父亲是爱花的，而且他家已三代种菊了。

为什么自己以为是高尚以为是万能的人总是长着一样可憎的口鼻心思，用了这肉体与精神所结构的出品无非像泥模里铸出来的铁锅的冥顽而且脱不出旧样？菊花们却能在同样的一小粒花蕾中放出这样新奇这样变化富有一切的花朵，非无能的人所曾想像得到甚且看了也不会模仿的。有一种的花瓣细得如玉蜀黍的须了，一大束散着，人没有方法形容他的美，只给他"棕榈拂尘"的一个没有生气的名字；有一种是玉白色的，返光闪闪，他的瓣宽得像莲花的叶子，所以名为"银莲"，其实还只借用了别种自然物的名称，人不能给他一个更好的名字。还有可奇的，他们为了要不与他种苟同，奇怪得使我欲笑，有一种标明"黄鹅添毛"者，松花小鹅的颜色，每瓣钩曲如受惊的鹅头，挨挤在一群中。最妙的他怕学得不像，特在瓣上长了毛，表示真的受惊而毛悚了。……

有许多名称是很有趣的，这胜过西洋的花名，然而也有不对的。况且种菊者各自定名，不适用于与人谈讲，最好能如各种科学名词的选择较好者应用，然而这还待先有一种精细而且丰富的菊谱出现。

（二）

山河·山河与共塑风骨

# 孔水洞

［北魏］郦道元

孔水洞,位于北京市房山区西北云蒙山南麓,
是一座天然的地下溶洞。洞内幽深莫测,不
仅有"孔水仙舟"之美景,洞壁内还遗存了
大量隋唐时期的刻经等,极具研究价值。

　　圣水出上谷,故燕地。秦始皇二十三年,置上谷郡。王隐《晋书·地道志》
曰:郡在谷之头,故因以上谷名焉。王莽更名朔调也。水出郡之西南圣水谷,
东南流,径大防岭下。岭之东首,山下,有石穴,东北洞开,高广四五丈,
入穴转更崇深,穴中有水。耆旧传言,昔有沙门释惠弥者,好精物隐,尝
爇火寻之。傍水入穴,三里有余,穴分为二:一穴殊小,西北出,不知趣
诣;一穴西南出,入穴经五六日方还,又不测穷深。其水夏冷冬温,春秋
有白鱼出穴,数日而返,人有采捕食者,美珍常味,盖亦丙穴嘉鱼之类也。
是水东北流入圣水……

石经山，又名白带山，俗称小西天，位于北京市房山区。因山中有九个存放佛经石刻的藏经洞，故而得名。这些石经雕刻始于隋末唐初，对佛经校勘和古代书法都具有研究价值。

永乐己亥秋，余以事至范阳之怀玉乡。友人张叔豫告余曰："乡西北山水秀导，有石经洞，为学佛者所居，名曰小西天，盍往游焉。"

越明日，从一仆出独树村，北行四里许，两山对峙，外隘内豁。小溪中出，石峰参差如犬牙，水触石流，潺然有声。沿溪前行十余里，有巨石数十横布水中，蹑之以渡。登平冈而望，四山多离绝之势。峰峦峙立，如书空之笔者，不可胜数。其中一山若火焰，而草树独茂。问诸牧童，知为白带山，而小西天之境在焉。迤逦至山麓，壁立似不可登。徐望之，有磴道，循山之偏脊直上。行者前后顶踵相接，凡三憩息，始及山之半。有石室题曰"义饭厅"。碑志云，唐乾符中，僧藏贲所建，欲俾游者至此不必赍粮也。

由厅前折而东，凿石为道，广不盈尺，横于山腹者一里许。将折而北，则条石为阶，凡九十九级，上至平处，行百余步，复有阶如前，级差少。自其上平折而南，有石堂，东向，方广五丈许，名曰"石经堂"。

堂有几案炉瓶之属，以祀三宝，皆石为之，其上天然如帐顶，下则甃石以平其地。三向之壁，皆嵌以石刻佛经，字体类赵松雪，意必元人所刻。其中有四石柱，柱之上各雕佛像数百，皆为小圆光而饰以金碧。

堂之前向为石扉八扇，可以启闭。外有露台，纵仅八尺，横与堂称，三面为石阑，设石几石床，以为游人之所凭倚。旁有禅房庖湢之所，皆因岩为之，不假人力。

堂之左有石洞二，其右有石洞三，复有二洞在堂之下方，石经版分贮其中。盖隋沙门静琬始以经刻，未成而奄化。唐贞观后，其徒道公等继续成之。至辽统和及金明昌之际，有沙门留公、顺公亦增刻之。前后纳于洞中者通十余卷，石凡七百余条，有石幢记其目甚悉。每洞皆以石为窗棂，用铁固之，纵广不可知，而石本之近窗者，可以窥见。观其字画，则辽金所刻与隋唐自异。其左洞有静琬贞观八年碑记，嵌于门上，大意谓未来世佛法有难，故刻此藏之以为经本。若世有经，愿毋辄开，其用心可谓勤矣。

石洞之北有石池、石井，池广七尺而深半之，井深浅不可测，则皆莹然涵虚，可鉴毛发。井之北十余步，有泉自窦中出，涓涓不绝。又有石为龙王像，民祷雨则祀之。古木苍藤，樛错其上，然阴翳惨澹，不可久居。

由泉窦之南，复扳缘小径，盘屈数十折至山顶，有五石台。台之上皆有白石小浮图，其南二者乃唐金仙公主所建，刻字如新，馀无题识不可考。顶有巨石，后广而前锐，平出于虚空者数尺，相传谓之曝经台。

予至其上，回视四山，则向之特立若事空之笔者，皆隐然在履舄之下，似可垂手抚摩。稍临石之锐处而俯视之，则陡绝万仞，无有底止。但见横云平凝在下，悚然心悸魄循，急趋还石旁以坐。忽有青衣童子，频礼佛，从师至，为余佛歌道舞，群童随之，击鼗鼓，敲檀板，品洞箫以和。音响嘹亮，上彻层汉。予不觉心神飘然，若凭虚御风而出乎尘杂之表。

已而下至堂中，取凉于古柏之阴。顾盼左右，有碑十余通。时倦不能尽读，特观其高大者，则唐元和四年幽州节度使刘济与其僚来游所建。主僧指曰："有云居寺，亦静琬所创，西偏下五里许可造。"

乃至山麓，渡小溪丛薄间，寺规制已壮，然比旧基差小。墀中有唐时所建石浮图四，皆勒碑其上。其一开元十年助教梁高望书，其一开元十五年太原王大悦书，其建于景云二年者，则甯思道所书，而太极元年建者，则王利贞之书也。然独不著撰文人，岂书者为之欤？予次第读之，爱其字面清奇，皆有虞、褚法。因叹此地由唐末五季沦入契丹，若使宋有其地，则淳化阁本，此数者岂可少哉！幸今遭逢圣明，斯境近在京畿内，而予始幸一睹，亦稀世之遇也。老僧复曰："后苑中石刻犹多。"遂历榛翳间，见残碑断碣，或立或卧，不知其几，而多贞观、开元时刻。欲穷数日之力以尽阅之，然心惧荒逸旷官之咎，乃舍之而归。

因追忆往岁尝聆馆阁诸公言，天下山川之胜，好之者未必能至，能至者未必能言，能言者未必能文，今兹山之胜，予既好之而幸得至焉，措乎言之不文。不足以发扬瑰奇之观，幽胜之迹，特记其大略如此。

# 游西山记

〔明〕李东阳

北京西山，是对北京西郊群山的总称，为太行山的北支山脉，地跨房山、石景山等地区，素有"神京右臂"之美称。西山涵盖了北京多座风景名山，如翠微山、八大处、香山等，古往今来一直是人们向往的游览胜地。

    西山自太行联亘起伏数百里，东入于海。而都城中受其朝，灵秀之所会，屹为层峰，汇为西湖。湖方十余里，有山趾其涯，曰瓮山，其寺曰圆静，寺左田右湖，近山之境，于是始胜。又三里为功德寺，洪波衍其东，幽林出其南，路尽丛薄，始达于野。乃有玉泉，出于山，喷薄转激，散为溪池。池上有亭，宣庙巡幸所驻跸处也。又一里为华严寺，有洞三，其南为吕公洞，一窍深黑，投之石，有水声，数步不可下，竟莫有穷之者。又二十里为香山，楼宇台殿，与石高下，其绝顶肚瓮山，其泉胜玉泉。又二十里为平坡寺，俗所谓大小青龙居之，迥绝孤僻，其胜始极，而山之大观备矣。

    成化庚寅四月之望，刑部郎中陆君孟昭，与客游之，辰至于功德寺，南至于玉泉，又南至于华严，又西南至于香山。坐而乐之，曰："美哉，山乎！而不得在西湖之旁，造物者亦有遗技乎？"或曰："其将靳于是。"或曰："物固然尔，造物者何容心哉？"因相与大笑。望平坡远，弗至。

乃循故道归。过瓮山登之。孟昭曰："维西山，实胜都邑，不可阙好事者之迹。"然官有守，士有习，不得岩探窟到于旬月之顷，取适而止，无留心于兹，盖有合于弛张之义者，不可以不记。

# 游百花山记

［明］于奕正

百花山，位于北京西部，在北京市门头沟区清水镇境内。这里是北京面积最大的保护区，以保护暖温带华北石质山地次生落叶阔叶林生态系统为主。2008 年，更是被提升为国家级自然保护区。

府西一百二十里，繇王平口，过汉匈奴分界处，曰大汉岭。抵沿河口、玄女庙，是百花山足也。山翠跃来引人，渡石涧，上马栏山，折旋其径，左右周转百步，当直上十步以登。所苦石磊磊，承趾不以土柔，素车马人，趾茧生之。所喜树阴云影，荫盖密稠，不至曝酷。径此至法幢庵，五里，径折旋如前，幸容骑，而马奔奔喘喘，汗淫淫，多不忍骑者。上下诸嶂，纵横一翠，迎送目步，不觉五里，篱径坦然矣，妙庵也。

岭而西行数里，千佛山。又数里，观音山。径折旋如前。山旧有菩提树、仙人桥、望海石，盗伐树矣，桥石则存。过此，山石尽于空际态变矣。下上岭者七，迎前壁立者，鹤子山也。此去千佛岩，山石态变者，尽作人形。度阎王鼻，是百花山腰也。百花者，红紫翠黄不可凡数，不可状喻，不可名品，即一色中，瓣萼跗异，不可概之。土人指一种，尊之曰天花。艳光而幻质，佛诸经每所称天雨曼陀罗花、天雨曼殊沙花也。行百花中一里，进篱门石洞，礼佛殿上，礼文殊阁上，礼文殊法身塔下。坐立顶上，俯诸山撮如圭，东西二灵山也。乃旁四望：东京师也，南冉冉者浑河也，西郁乎茶露顶，居庸诸山；北荡荡乎边城外，沙漠际无穷也。是百花山顶也。下顶未半，又入百花中，不可名状数者，多于前。东之龙王颓庙，列五龙王，中位龙母。北之大士殿，发髯须鬈然。下千佛岩，南之，东之，又入百花中。花被径八里，多于前。过白水庵，行泉声二里，一松标瑞云寺。寺即五代时李克用建亭故处，俗今曰百家寺也。寺有摩诃祖师法身，用像法装之若新。有摩诃煮石铛，非石非铁，莹如漆光，宣宗曾取视，赐以龙袱归寺也。有摩诃掷龙石，龙逸，祖追掷之，今龙迹宛于石也。志称山暖肥，产杉漆药草，春夏烂红紫，香袭人。则百花者，药草花耶？然《本草图经》中亦无从物色之。

# 什刹海

[清] 唐晏

什刹海，位于北京城中轴线的北端，包括什刹前海、后海和西海（积水潭）及临近区域。在元建都之前，这里只是一片很大的水域。明清时期，分别沿湖建了不少府邸、园林和寺庙。

自地安门桥以西，皆水局也。东南为十刹海，又西为后海。过德胜门而西，为积水潭，实一水也，元人谓之海子。宋词所谓"浅碧湖波雪涨，淡黄官柳烟蒙"者也。然都人士游踪，多集于什刹海，以其去市最近，故裙屐争趋。长夏夕阴，火伞初敛。柳阴水曲，团扇风前。几席纵横，茶瓜狼藉。玻璃十顷，卷浪溶溶。菡萏一枝，飘香冉冉。想唐代曲江，不过如是。

昔有好事者于北岸开望苏楼酒肆，肴馔皆仿南烹，点心尤精。小楼二楹，面对湖水。新荷当户，高柳摇窗。二三知己，命酒呼茶，一任人便，大有西湖楼外楼风致。余至湖上必过之，乃以富豪所不喜，竟至闭门。未几为山东人所赁，改建连楼。云窗雾阁，烹鲜击肥，全是市井一派，而车马盈门矣。

若后海则较前海为幽僻，人迹罕至，水势亦宽。树木丛杂，坡陀蜿蜒。两岸多古寺，多名园，多骚人遗迹。诒晋斋居其北，诗龛在其西，虾菜亭、杨柳湾、李公桥、十刹海皆萃此地。湖上看山，亦此地最畅。昔翁覃溪先生曾集二十四诗人于湖上酒楼，每月有诗会。一时群羡为神仙中人。

# 颐和园玉泉山游记

胡朴安

玉泉山，位于北京市海淀区西山山麓，颐和园西侧。此山得名于其泉水，因"水清而碧，澄洁似玉"，故称"玉泉"。"玉泉垂虹"（乾隆改为"玉泉趵突"）更是列为燕京八景之一。

京师为禹贡冀州地，土脉坟起，气势雄壮。自元胡建都于此，六百余年，常为首都，宫殿之宏丽，远过洛阳，盖累代经营，非一朝一夕之故也。太行首自三危，过雁门，经居庸，蜿蜒东来。岗连峦接，曲折赴京郊之西，是为西山。西山内接大行，外走边墙，嵌崎磅礴，苍莽青葱，为京师之西蔽。林木深幽，溪壑窈曲，凡峙而为峰，潴而为湖者，皆分西山一脉之胜。自西山迤逦而东，苑囿棋布，圆明畅春之遗址，历历可数。夫以当时物力之富，建此壮丽宽弘之苑囿，曾几何时，兵戈水火，浩劫频仍，荡为荒烟，没为蔓草矣。夕照荒凉，仅余坏瓦颓垣，与碧水青山，寂寞相对。惟玉泉昆明，尚足引人留赏，旅京之士，永怀而永伤者，多于此游眺焉。

某年九月，休沐之暇，随秋浦静仁先生，作玉泉昆明之游。破晓起，盥沐既毕，振衣策杖，驱车出西直门，时积雨初晴，微风散柳，西山爽气，接人眉宇，成诗一首云："早起策轻车，离城十里赊。淡云残月白，丝柳晓风斜。矮屋低墙护，高楼远树遮。沧桑多变幻，幽恨向天涯。"行半时许，日出东隅，西山平受朝晖，积绿舒光，与玉争碧。路坦荡平直，两旁垂杨，数以万计，微风荡漾，丝丝相连，车驰迅速，绿意都融，如行碧琉璃中，须发俱爽，白屋红墙，从隙中驰过，瞬息数十里，抵颐和园止焉。

　　颐和园本清漪园故址，清漪园者，清高宗之所建，后倚万寿，前临昆明，昆明为燕京之西湖。其水导自玉泉，渊然而清，悠然而静，清高宗浚而深之，拓而广之，设战船仿闽广巡洋之制，每逢伏日，香山建营，于湖内水操，寓习武之意，因改名昆明湖。上为瓮山，乾隆十五年，以皇太后六旬大庆，建延寿寺于山之阳，又名万寿山。圆明园毁于火，游观乏地。慈禧抑郁不乐，逢迎者移海军军费修是园以媚之，包万寿山昆明湖，缭以周墙，十八余里，洵壮观也。进园门为仁寿殿，即清漪园勤政殿旧基。故事，慈禧每届盛夏，迁居颐和园，于仁寿殿召见群臣焉。今则狻炉香烬，龙壁采沉，宝树风清，珠帘昼寂，三两老监，鹄面相向，盖已改昔观也。作仁寿殿一律，录下：

　　　　碧瓦参差入望迷，寂寥清昼草萋萋。珠帘蔽日金龙冷，画角
　　吟风铁马低。石山峥嵘犹拱北，斜阳惨淡已沉西。欲知仁寿宫中事，
　　为问阶前吐篆猊。（阶前有狻猊香炉）

　　折而西为玉澜堂，清光绪帝所居，规模殊小，制亦甚朴，绿窗红壁，略具富贵气。玉澜本清漪园旧有，岂仍其故基稍补缀之耶？西北为乐寿堂，慈禧颐养处，玉阶碧瓦，朱角丹檐，雕琼居楹，泥金在壁，意者颐和园之

乐寿堂，非清漪园之旧欤？何以华丽堂皇，迥殊乎玉澜也？堂前翠柏二株，高不三尺，阴足十围，中大石一，题"青芝岫"三字，清乾隆帝笔。青芝岫者，明朱万钟所运大石，置良乡者是也。作乐寿堂一律，录下：

> 乐寿堂前花木深，两株翠柏郁森森。参天苦乏千寻干，匝地真堪一亩阴。寂寞金门犹待月，凄清玉殿不闻琴。繁华消歇等闲事，湖水沉沉自古今。

出乐寿堂至湖边，一泓碧水，万株绿杨，湖影天光，纤尘不染，澜澄而静，有逾寒玉，微风荡之，受日光处，如屑金碎锦，令人目眩。呼舟子泛桨于碧波中，清澈见底，游鱼历历可数，空明无障碍。水底荇带，随桨力所向，似柳枝受风，悠扬飘荡。惜水深荷少，绿盖红花，尽在湖边一隅。少焉，舟抵东堤之北，舍舟而陆，堤上范铜为牛，黝黑而润泽，映日作乌金色，清乾隆为铭镌其上，铭词不足录。缘堤南行，折而西，盈盈一水，飞虹跨之，孔十有七，名曰十七孔桥。过桥为廊如亭，四面皆敞，远挹山青，近澄波碧，洵廊如也。西为龙王庙，为求雨之所，再西为涵虚堂，清大阿哥读书处也。一拳培塿，四周烟水，云影入湖，天地一白。风回浪动，啮岸而伏，后波压之，高起寸余，吞吐沉浮，起伏回转，泛乎若扁舟游漾于中流，几忘足之所履者为土石也。作十七孔桥一律，录下：

> 长桥百尺亘如虹，圆洞空明十七通。荇藻深含眉黛翠，湖波

微映采霞红。已无华盖求甘雨，剩有垂杨泣晓风。西望涵虚环碧水，
重楼犹是旧玲珑。

出涵虚堂，复登舟，抵北岸，泊于排云殿前。排云殿者，全园精神聚
会之处也。殿前为长廊，东达乐寿堂，西抵石舫，五百七十三间，每间装
设电灯，为万寿山麓诸宫殿之连锁。湖波映其南，树影融其北。鱼藻轩、
对鸥舫，秋水、清遥、寄澜、留佳四亭，沿廊而峙，各具胜境。作长廊一律，
录下：

长廊五百曲环湖，画栋辉金槛点朱。似镜略平通翠辇，如星
灯灿缀明珠。鱼轩远对西山碧，鸥舫惟邀夜月孤。秋水清遥澜足寄，
留佳亭畔玉人无。

进殿门，豁然开朗，华阙朱堂，殊形诡制，两廊房闼，周通洞开，画
绘雕刻，藻绣纶连，周鼎商彝，斓斑古色，丰碑矗立，绣幕重垂。殿内供
慈禧像，美国卡尔女士所画。殿后奇石确荦，空灵多窍，两旁白石为阶，
级各数百，往复旋转，作回廊形。拾级而登，俄出山上。中为佛香阁，右
为转轮藏，左为铜殿，隔墙后为众香界，崇台闲馆，焕若列宿，崔嵬焜烂，
汇为大观。纵目远眺，西山连亘，郁乎苍苍。雁影极天，千里一色，大地
广漠，浩浩荡荡，近则雉堞连云，层楼耸碧，甲第千万，接宇望衡。乐善、
畅春、圆明、静宜，荒荒故基，一览在目，昆明百顷，俯拾即是。后山竹树，

翠色上衣，鸳瓦映日，焰朗入眼。尝谓园林与文字，约略相同。长篇巨制，必有劲段以敛其神；广榭高台，必有崇观以聚其气。登佛香阁而四览，园之内，园之外，无不备焉。作排云殿、佛香阁二律，录下：

　　摩空高殿足排云，万籁清虚天语闻。白玉丰碑题凤字，黄金彩壁画龙文。炉烟已冷三更月，绣幕空飘百叠裙。惟有宫门铜兽在，双双无语立斜曛。

　　玉阶直上青云霄，纵目湖山意自豪。高阁摩天三百尺，白杨绕水一千条。浑沌顽石都成窍，往复回廊欲驾桥。几许痴情来问佛，晚风何事大萧萧。

铜殿者，铸铜为之，庚子之役，联军入京，日本兵士，习闻中国金殿之说，疑为金质，以刀划之，伤痕一一，铜佛二，今亦失去，窗扇亦阙其三焉。转轮藏东西各一，下为轮，上列佛。往时引昆明湖水冲轮自转，近机械已坏，以人力推之，尚能活动。下有碑，题曰"万寿山昆明湖"，亦乾隆帝笔也。作铜殿一律，录下：

　　采得滇南百万铜，融成小殿一重重。居高不怕天风急，入夜能承仙露浓。古色斓斑疑汉鼎，洪声隐约应周钟。可怜劫后伤痕在，丈二金身已化空。

自铜殿而西，背山面水，为山色湖光共一楼，为听鹂馆，为画中游，风景绝佳，自为丘壑。其下为石舫，半入湖，亦纤净可坐。石舫又名清宴舫，往时慈禧常于此开宴，今则设席卖茶焉。作山色湖光共一楼、石舫二律：

危楼耸翠碍晴空，远水遥岑入望中。山色灭明斜照里，湖光摇荡暮烟中。黄鹂不语留孤馆，朱雀停游泊晓风。日落深宫人迹少，暮云霭霭锁苍松。

磷磷白石琢新成，斜入湖中稳不倾。翠幕迎风窗四面，微波荡月夜三更。蓬莱无路思何极，画舫常停水自清。回首当年游宴地，至今惟有卖茶声。

由石舫而北，转入后山，石径松林，饶有村野意，山椒一堂，制亦质朴，颜曰湖山真意，信乎其为真也。作湖山真意一律，录下：

山巅独自辟高堂，古树嵯峨意更苍。平野晚炊云气白，暮天斜照柳条黄。千家废市颓垣短，一脉清泉玉带长。遥望圆明遗址在，荒烟蔓草冷红墙。

寻山径而东，为双亭，折而下，有石笋二，夹立如门。再下而东南，为谐趣园，中一荷池，红栏绕之，屈曲可通，水声潺潺，自墙隙流出，溅珠飞玉，沁人心脾。面泉而坐，恍惚置身深岩幽壑，俗虑悉忘。作谐趣园一律，录下：

卐字栏干曲折幽，回廊复阁隐红楼。炉烟旧拥宫娥立，翠浪
初深鸥鸟游。五夜漏声催玉箭，三春风色动帘钩。只今剩有凄其柳，
闲对园亭细细愁。

出门西行，为大戏台，台凡三层，极其宽敞。演戏时，神仙自上而下，
鬼怪自上而下，当时构造，颇具思想。作大戏台一律，录下：

曾闻于此斗繁华，金壁凝光映晚霞。春日迟迟方度曲，西风
阵阵已悲笳。霓裳舞罢秦云冷，河满歌残江月斜。转眼沧桑多变幻，
凄凉自古帝王家。

园之规模，穷泰极侈，增饰崇丽，近世园林，罕有其匹，然按其名称，
大半清漪之旧。如乐寿堂、玉澜堂、山色湖光共一楼、听鹂馆、长廊、石舫。
颐和园所有者，皆清漪园所有也。

颐和园之游既毕，驱车北往玉泉，路稍岖崎，竹篱茅舍，渐有乡村风味。
玉泉峰不高而挺秀，石不怪而峻嶒，金章宗尝建行宫于此。元明已来，皆
为游幸之所，清康熙时加以修葺，名曰静明园。园有十六景，曰镜影涵虚，
曰裂帛湖，曰影湖楼，曰界湖楼，曰竹炉山房，曰溪田谋耕，曰云外钟声，
曰峡雪琴音，曰玉峰塔影，曰芙蓉晴照，曰采香云径，曰风篁清听，曰玉

泉趵突，曰翠云嘉荫，曰清凉禅窟，曰森玉笏，今则垣墙虽存，而题额剥落，所谓十六景者，或存或没，莫能一一指示矣。山下新建一旅馆，为游人休息处，入馆午餐。摒挡上山，危斋半壁，破瓦颓檐，随处皆是，询之导者，亦莫能确言古为何殿，废于何年。山石嵯岈，径逼仄而倾斜。峰回路转，小树扶之，尚忘其险。上山数百级，一碑直峙，题曰玉泉趵突，上为龙王庙，下即玉泉也。玉泉出自石罅，潴为湖，广可数十亩，旧称玉泉垂虹。清乾隆帝以垂虹为瀑布之称，玉泉从山根仰喷，实与趵突之义允合，改为玉泉趵突。按趵突者跳跃也，马季《长留赋》云"漰瀑喷沫，犇遁砀突"，言水沸涌而跳跃也。

　玉泉之水，自下而上，譬如急雨入湖，不见雨脚，只见浮沫之泛珠，又如阴阳为炭，天地为炉，火烈水沸，喷气而上叩，静碧之中，散玉溅珠，洵奇观也。元王恽游玉泉诗云："峰头乱石斗嵯岈，水底浮光浸碧霞。"余谓浸字改为散字，真能写玉泉夕照之景。由玉泉趵突而上，历古屋数重，半就倾圮，按诸记载，当为竹炉山房、开锦斋、赏遇楼、真武庙、关帝庙等。再上玉泉山巅，前为香岩寺，后为妙高台，中立一塔，所谓玉峰塔影是也。凉飙振野，微云抹山，半壑夕阳，明灭万状。满城炊烟，凝为暮霭，山水田畴，疆场绮分，农夫荷锄，叱犊归舍。玉泉山之晚景，拟之登万寿山，又觉壮丽苍凉之不同也。下山看华藏海、裂帛湖。华藏海者，凿石为洞，就石壁凿佛数千。裂帛湖，古榆荫潭，境极幽秀，王渔洋裂帛湖诗云："裂帛湖光碧玉环，人家终日映潺湲。分明一幅蔡侯纸，写出湖南千万山。"结庐于此，亦足自乐，又何必远游五岳乎？游兴既阑，日亦云暮，归则市灯已明，寺钟初动矣。剪灯更为长律四十韵记游，录下：

霭霭晨熹活，危城倚日空。深岚舒积翠，大漠振飞鸿。周道直如矢，轻车转似蓬。迎人杨柳绿，零露芰荷红。爽气澄朝宇，晴云淡昊穹。地维枢冀北，山势走辽东。废苑凄荒草，颓垣冷古松。凉飙来海鹤，浩劫付沙虫。剩有灵光殿，重修景福宫。雕墙围碧水，画栋罨芳丛。复室回环合，长廊曲折通。绮楼栖采凤，朱壁舞骊龙。带隐琼琚佩，纱封翡翠栊。御炉犹列鼎，怪石半藏锋。尘暗珠帘寂，烟绡绛蜡融。铜驼秋泣月，铁马昼吟风。粉墨今何在，霓裳昔已终。游鱼穿荇藻，饥鸟啄梧桐。高阁摩天迥，平原接塞雄。崇阶凌绝顶，远雁没孤峰。浅黛笼层嶂，凝青护短墉。素波微荡漾，别馆太玲珑。鸳瓦黄金烂，鼍碑白玉丰。扬霾遥散雪，卧浪近垂虹。极目心都壮，豪游兴未慵。出园方憩石，寻胜更携筇。小树扶斜径，清晖映晚枫。潺湲湖裂白，飘曳寺鸣钟。倾仄盘旋上，佳奇次弟逢。一泓泉趵突，对峙桧葱茏。洞府居群佛，田畴课老农。幽篁摇琦琸，遗址渺芙蓉。静坐参禅旨，焚香悟道宗。琴音寒峡里，塔影夕阳中。冥色千岩合，歌声四野同。谯门初击鼓，陌路正归骢。逸韵怀灵运，先忧侍范公。息踪情若往，酌酒意无穷。讽咏涉遐想，描摹愧化工。诗成浑不寐，万壑夜罗胸。

# 芦沟晓月

王统照

永定河的名称很多，直至清康熙年间才有此
名。这是一条自历史深处涌来的河流，穿越
城镇，披星伴月，讲述着光阴的故事。你看，
直到现在，北京城的永定河还在不停地流淌。

"苍凉自是长安日，呜咽原非陇头水。"

这是清代诗人咏芦沟桥的佳句，也许，长安日与陇头水六字有过分的
古典气息，读去有点碍口？但，如果你们明了这六个字的来源，用联想与
想象的力量凑合起，提示起这地方的环境，风物，以及历代的变化，你自
然感到像这样"古典"的应用确能增加芦沟桥的伟大与美丽。

打开一本详明的地图，从现在的河北省、清代的京兆区域里你可找得
那条历史上著名的桑干河。在往古的战史上，在多少吊古伤今的诗人的笔下，
桑干河三字并不生疏。但，说到治水，㶟水，灢水这三个专名，似乎就不
是一般人所知了。还有，凡到过北平的人，谁不记得北平城外的永定河，——
即不记得永定河，而外城的正南门，永定门，大概可说是"无人不晓"罢。
我虽不来与大家谈考证，讲水经，因为要叙叙芦沟桥，却不能不谈到桥下
的水流。

治水，㶟水，灢水，以及俗名的永定河，其实都是那一道河流，——桑干。

还有，河名不甚生疏，而在普通地理书上不大注意的是另外一道大流，——浑河。浑河源出浑源，距离著名的恒山不远，水色浑浊，所以又有小黄河之称。在山西境内已经混入桑干河，经怀仁，大同，委弯曲折，至河北的怀来县。向东南流入长城，在昌平县境的大山中如黄龙似地转入宛平县城，二百多里，才到这条巨大雄壮的古桥下。

原非陇头水，是不错的，这桥下的汤汤流水，原是桑干与浑河的合流；也就是所谓的治水，㶟水，灢水，永定河与浑河，小黄河，黑水河（浑河的俗名）的合流。

桥工的建造既不在北宋时代，也不开始于蒙古人的占据北平。金人与南宋南北相争时，于大定二十九年六月方将这河上的木桥换了，用石料造成。这是见之于金代的诏书，据说："明昌二年三月桥成，敕命名广利，并建东西廊以便旅客。"

马可波罗来游中国，服官于元代的初年时，他已看见这雄伟的工程，曾在他的游记里赞美过。

经过元明两代都有重修，但以正统九年的加工比较伟大，桥上的石栏，石狮，大约都是这一次重修的成绩。清代对此桥的大工役也有数次，乾隆十七年与五十年两次的动工，确为此桥增色不少。

"东西长六十六丈，南北宽二丈四尺，两栏宽二尺四寸，石栏一百四十，桥孔十有一，第六孔适当河之中流。"

按清乾隆五十年重修的统计，对此桥的长短大小有此说明，使人（没有到过的）可以想象它的雄伟。

从前以北平左近的县分属顺天府，也就是所谓京兆区。经过名人题咏的，京兆区内有八种胜景：例如西山霁雪，居庸叠翠，玉泉垂虹等，都是很幽美的山川风物。芦沟不过有一道大桥，却居然也与西山居庸关一样列入八景之一，便是极富诗意的"芦沟晓月"。本来，"杨柳岸晓风残月"是最易引动从前旅人的感喟与欣赏的凌晨早发的光景，何况在远来的巨流上有这一道雄伟壮丽的石桥，又是出入京都的孔道，多少官吏，士人，商贾，农，工，为了事业，为了生活，为了游览，他们不能不到这名利所萃的京城，也不能不在夕阳返照，或东方未明时打从这古代的桥上经过。你想：在交通工具还没有如今迅速便利的时候，车马，担篆，来往奔驰，再加上每个行人谁没有忧、喜、欣、戚的真感横在心头，谁不为"生之活动"在精神上负一份重担？盛景当前，把一片壮美的感觉移入渗化于自己的忧喜欣戚之中，无论他是有怎样的观照，由于时间与空间的变化错综，面对着这个具有崇高美的压迫力的建筑物，行人如非白痴，自然以其鉴赏力的差别，与环境的相异，生发出种种的触感。于是留在他们的中心，或留在藉文字绘画表达出的作品中，对于芦沟桥三字真有很多的酬报。

不过，单以"晓月"形容芦沟桥之美，据传是另有原因：每当旧历的月尽头（晦日）天快晓时，下弦的钩月在别处还看不分明，如有人到此桥上，他偏先得清光。这俗传的道理是否可靠，不能不令人疑惑。其实，芦沟桥也不过高起一些，难道同一时间在西山山顶，或北平城内的白塔（北海山上）上，看那晦晓的月亮，会比芦沟桥上不如？不过，话还是不这么拘板说为妙，用"晓月"陪衬芦沟桥的实是一位善于想象而又身经的艺术家的妙语，本来不预备后人去作科学的测验。你想："一日之计在于晨"，何况是行人的早发。潮气清蒙，烘托出那钩人思感的月亮，——上浮青天，下嵌白石的巨桥。京城的雉堞若隐若现，西山的云翳似近似远，大野无边，黄流激奔，……这样光，这样色彩，这样地点与建筑，不管是料峭的春晨，凄冷的秋晓，景物虽然随时有变，但若无雨雪的降临，每月末五更头的月亮，白石桥，大野，黄流，总可凑成一幅佳画，渲染飘浮于行旅者的心灵深处，发生出多少样反射的美感。

你说：偏以"晓月"陪衬这"碧草芦沟"（清刘履芬的《鸥梦词》中有《长亭怨》一阕，起语是：叹销春间关轮铁，碧草芦沟，短长程接），不是最相称的"妙境"么？

无论你是否身经其地，现在，你对于这名标历史的胜迹，大约不止于"发思古之幽情"罢？其实，即以思古而论也尽够你深思，咏叹，有无穷的兴感！何况，血痕染过的那些石狮的鬃鬣，白骨在桥上的轮迹里腐化，漠漠风沙，呜咽河流，自然会造成一篇悲壮的史诗。就是万古长存的"晓月"也必定对你惨笑，对你冷觑，不是昔日的温柔，幽丽，只引动你的"清念"。

桥下的黄流，日夜呜咽，泛挹着青空的灏气，伴守着沉默的郊源。……

他们都等待着有明光大来与洪涛冲荡的一日，——那一日的清晓。

# 荷塘月色

朱自清

抬头仰望，月露恬静，与荷塘、岸树分享皎洁的月光。就这样，趁着夜色，在这一片荷塘中，朱自清交出了一篇绝美散文。又在尚还是夜深人静时，悄然而归。

这几天心里颇不宁静。今晚在院子里坐着乘凉，忽然想起日日走过的荷塘，在这满月的光里，总该另有一番样子吧。月亮渐渐地升高了，墙外马路上孩子们的欢笑，已经听不见了；妻在屋里拍着闰儿，迷迷糊糊地哼着眠歌。我悄悄地披了大衫，带上门出去。

沿着荷塘，是一条曲折的小煤屑路。这是一条幽僻的路；白天也少人走，夜晚更加寂寞。荷塘四面，长着许多树，蓊蓊郁郁的。路的一旁，是些杨柳，和一些不知道名字的树。没有月光的晚上，这路上阴森森的，有些怕人。今晚却很好，虽然月光也还是淡淡的。

路上只我一个人，背着手踱着。这一片天地好像是我的；我也像超出了平常的自己，到了另一世界里。我爱热闹，也爱冷静；爱群居，也爱独处。像今晚上，一个人在这苍茫的月下，什么都可以想，什么都可以不想，便觉是个自由的人。白天里一定要做的事，一定要说的话，现在都可不理。

这是独处的妙处，我且受用这无边的荷香月色好了。

曲曲折折的荷塘上面，弥望的是田田的叶子。叶子出水很高，像亭亭的舞女的裙。层层的叶子中间，零星地点缀着些白花，有袅娜地开着的，有羞涩地打着朵儿的；正如一粒粒的明珠，又如碧天里的星星，又如刚出浴的美人。微风过处，送来缕缕清香，仿佛远处高楼上渺茫的歌声似的。这时候叶子与花也有一丝的颤动，像闪电般，霎时传过荷塘的那边去了。叶子本是肩并肩密密地挨着，这便宛然有了一道凝碧的波痕。叶子底下是脉脉的流水，遮住了，不能见一些颜色；而叶子却更见风致了。

月光如流水一般，静静地泻在这一片叶子和花上。薄薄的青雾浮起在荷塘里。叶子和花仿佛在牛乳中洗过一样；又像笼着轻纱的梦。虽然是满月，天上却有一层淡淡的云，所以不能朗照；但我以为这恰是到了好处——酣眠固不可少，小睡也别有风味的。月光是隔了树照过来的，高处丛生的灌木，落下参差的斑驳的黑影，峭楞楞如鬼一般；弯弯的杨柳的稀疏的倩影，却又像是画在荷叶上。塘中的月色并不均匀；但光与影有着和谐的旋律，如梵婀玲上奏着的名曲。

荷塘的四面，远远近近，高高低低都是树，而杨柳最多。这些树将一片荷塘重重围住；只在小路一旁，漏着几段空隙，像是特为月光留下的。树色一例是阴阴的，乍看像一团烟雾；但杨柳的丰姿，便在烟雾里也辨得出。树梢上隐隐约约的是一带远山，只有些大意罢了。树缝里也漏着一两点路灯光，没精打采的，是渴睡人的眼。这时候最热闹的，要数树上的蝉声与水里的蛙声；但热闹是它们的，我什么也没有。

忽然想起采莲的事情来了。采莲是江南的旧俗，似乎很早就有，而六朝时为盛；从诗歌里可以约略知道。采莲的是少年的女子，她们是荡着小船，唱着艳歌去的。采莲人不用说很多，还有看采莲的人。那是一个热闹的季节，也是一个风流的季节。梁元帝《采莲赋》里说得好：

于是妖童媛女，荡舟心许；鹢首徐回，兼传羽杯；櫂将移而藻挂，船欲动而萍开。尔其纤腰束素，迁延顾步；夏始春余，叶嫩花初，恐沾裳而浅笑，畏倾船而敛裾。

可见当时嬉游的光景了。这真是有趣的事，可惜我们现在早已无福消受了。

于是又记起《西洲曲》里的句子：

采莲南塘秋，莲花过人头；低头弄莲子，莲子清如水。

今晚若有采莲人，这儿的莲花也算得"过人头"了；只不见一些流水的影子，是不行的。这令我到底惦着江南了。——这样想着，猛一抬头，不觉已是自己的门前；轻轻地推门进去，什么声息也没有，妻已睡熟好久了。

1927 年 7 月，北京清华园

# 翠峦清潭畔的 石床

石评梅

万寿山，原名瓮山，位于颐和园内。"我"
与梅隐骑驴游山。在山巅处，"我"逃离了
人群的热闹，独自静坐在此处的一个石床上。
这是一个人最有存在感的瞬间，虽是孤独，
却是万物与"我"为一。

黄昏时候汽车停到万寿山，揆已雇好驴在那里等着。梅隐许久不骑驴了，很迅速的跨上鞍去，一扬鞭驴子的四蹄已飞跑起来，几乎把她翻下来，我的驴腿上有点伤不能跑，连走快都不能，幸而好是游山不是赶路，走快走慢莫关系。

这条路的景致非常好，在平坦的马路上，两旁的垂柳常系拂着我的鬓角，迎面吹着五月的和风，夹着野花的清香。翠绿的远山望去像几个青螺，淙淙的水音在桥下流过，似琴弦在月下弹出的凄音，碧清的池塘，水底平铺着翠色的水藻，波上被风吹起一弧一弧的皱纹，里边游影着玉泉山的塔影；最好看是垂杨荫里，黄墙碧瓦的官房，点缀着这一条芳草萋萋的古道。

经过颐和园围墙时，静悄悄除了风涛声外，便是那啼尽兴亡恨事的暮鸦，在苍松古柏的枝头悲啼着。

他们的驴儿都走的很快，转过了粉墙，看见梅隐和揆并骑赛跑；一转弯掩映在一带松林里，连铃声衣影都听不见看不见了。我在后边慢慢让驴儿一拐一拐的走着，我想这电光石火的一刹那能在尘沙飞落之间，错错落落遗留下这几点蹄痕，已是烟水因缘，又哪可让它迅速的轻易度过，而不仔细咀嚼呢！人间的驻停，只是一凝眸，无论如何繁缛绮丽的事境，只是昙花片刻，一卷一卷的像他们转入松林一样渺茫，一样虚无。

在一片松林里，我看见两头驴儿在地上吃草，驴夫靠在一棵树上蹲着吸潮烟，梅隐和揆坐在草地上吃葡萄干；见我来了他们跑过来替我笼住驴，让我下来。这是一个墓地，中间芳草离离，放着一个大石桌几个小石凳，被风雨腐蚀已经是久历风尘的样子。坟头共有三个，青草长了有一尺多高；四围遍植松柏，前边有一个石碑牌坊，字迹已模糊不辨，不知是否奖励节孝的？如今我见了坟墓，常起一种非喜非哀的感觉；愈见的坟墓多，我烦滞的心境愈开旷；虽然我和他们无一面之缘，但我远远望见这黑色的最后一幕时，我总默默替死者祝福！

梅隐见我立在这不相识的墓头发呆，她轻轻拍着我肩说："回来！"揆立在我面前微笑了。那时驴夫已将驴鞍理好，我回头望了望这不相识的墓，骑上驴走了。他们大概也疲倦了，不是他们疲倦是驴们疲倦了，因之我这拐驴有和他们并驾齐驰的机会。这时暮色已很苍茫，四面迷蒙的山岚，不知前有多少路？后有多少路；那烟雾中轻笼的不知是山峰还是树林？凉风吹去我积年的沙尘，尤其是吹去我近来的愁恨，使我投入这大自然的母怀中沉醉。

惟自然可美化一切，可净化一切，这时驴背上的我，心里充满了静妙神微的颤动；一鞭斜阳，得得蹄声中，我是个无忧无虑的骄儿。

大概是七点多钟，我们的驴儿停在卧佛寺门前，两行古柏萧森一道石坡欹斜，庄严黄红色的穿门，恰恰笼罩在那素锦千林，红霞一幕之中。我踱过一道蜂腰桥，底下有碧绿的水，潜游着龙眼红鱼，像燕掠般在水藻间穿插。过了一个小门，望见一大块岩石，狰狞像一个卧着的狮子，岩石旁有一个小亭，小亭四周，遍环着白杨，暮云里蝉声风声噪成一片。

走过几个院落，依稀还经过一个方形的水池，就到了我们住的地方，我们住的地方是龙王堂。龙王堂前边是一眼望不透的森林，森林中漏着一个小圆洞，白天射着太阳，晚上照着月亮；后边是山，是不能测量的高山，那山上可以望见景山和北京城。

刚洗完脸，辛院的诸友都来看我，带来的糖果，便成了招待他们的茶点；在这里逢到，特别感着朴实的滋味，似乎我们都有几分乡村真诚的遗风。吃完饭，我回来时，许多人伏在石栏上拿面包喂鱼，这个鱼池比门前那个澄清，鱼儿也长的美丽。看了一回鱼，我们许多人出了卧佛寺，由小路抄到寺后上山去，揆叫了一个卖汽水点心的跟着，想寻着一个风景好的地方时，在月亮底下开野餐会。

这时候暝色苍茫，远树浓荫郁蓊，夜风萧萧瑟瑟，梅隐和揆走着大路，我和云便在乱岩上跳蹿，苔深石滑，跌了不晓的有多少次。经过一个水涧，他们许多人悬崖上走，我和云便走下了涧底，水不深，而碧清可爱，淙淙的水声，在深涧中听着依稀似嫠妇夜啼。几次回首望月，她依然模糊，被轻云遮着；但微微的清光由云缝中泄漏，并不如星夜那么漆黑不辨。前边有一块圆石，晶莹如玉，石下又汇集着一池清水。我喜欢极了，刚想爬上去，不料一不小心，跌在水里把鞋袜都湿了！他们在崖上，拍着手笑起来，我的脸大概是红了，幸而在夜间他们不曾看见；云由岩石上踏过来才将我拖出水池。

抬头望悬崖削壁之上，郁郁阴森的树林里掩映着几点灯光，夜神翅下的景致，愈觉的神妙深邃，冷静凄淡；这时候无论什么事我都能放得下超得过，将我的心轻轻底捧献给这黑衣的夜神。我们的足步声笑语声，惊的眠在枝上的宿鸟也做不成好梦，抖战着在黑暗中乱飞，似乎静夜旷野爆发了地雷，震得山中林木，如喊杀一般的纷乱和颤噤！前边大概是村庄人家吧，隐隐有犬吠的声音，由那片深林中传出。

爬到山巅时，凉风习习，将衣角和短发都吹起来。我立在一块石床上，抬头望青苍削岩，乳泉一滴滴，由山缝岩隙中流下去，俯视飞瀑流湍，听着像一个系着小铃的白兔儿，在涧底奔跑一般，清冷冷忽远忽近那样好听。我望望云幕中的月儿，依然露着半面窥探，不肯把团圆赐给人间这般痴望的人们。这时候，揆来请我去吃点心，我们的聚餐会遂在那个峰上开了。这个会开的并不快活，各人都懒松松不能十分作兴，月儿呢模模糊糊似乎用泪眼望着我们。梅隐躺在草上唱着很凄凉的歌，真令人愁肠百结；揆将头伏在膝上，不知他是听他姐姐唱歌，还是膜首顶礼和默祷？这样夜里，不知什么紧压着我们的心，不能像往日那样狂放浪吟，解怀痛饮？

陪着他们坐了有几分钟，我悄悄的逃席了。一个人坐在那边石床上，听水涧底的声音，对面阴浓萧森的树林里，隐隐现出房顶；冷静静像死一般笼罩了宇宙。不幸在这非人间的，深碧而窅渺的清潭，映出我迷离恍惚的尘影；我卧在石床上，仰首望着模糊泪痕的月儿，静听着清脆激越的水声，和远处梅隐凄凉入云的歌声，这时候我心头涌来的凄酸，真愿在这般月夜深山里尽兴痛哭；只恨我连这都不能，依然和在人间一样要压着泪倒流回去。蓬勃的悲痛，还让它埋葬在心坎中去展转低吟！而这颗心恰和林梢月色，一样的迷离惨淡，悲情荡漾！

云轻轻走到我身旁，凄（然）的望着我！我遂起来和云跨过这个山峰，忽然眼前发现了一块绿油油的草地。我们遂拣了一块斜坡，坐在上边。面前有一棵松树，月儿正在树影中映出，下边深涧万丈，水流的声音已听不见；只有草虫和风声，更现的静寂中的振荡是这般阴森可怕！我们坐在这里，想不出什么话配在这里谈，而随便的话更不愿在这里谈。这真是最神秘的夜呵！我的心更较清冷，经这度潭水涛声洗涤之后。

夜深了，远处已隐隐听见鸡鸣，露冷夜寒，穿着单衣已有点战栗，我怕云冻病，正想离开这里；揆和梅隐来寻我们，他们说在远处望见你们，像坟前的两个石像。

这夜里我和梅隐睡在龙王堂，而我的梦魂依然留在那翠峦清潭的石床上。

（三）

古迹 • 千年岁月酿古味

# 居庸关铭序

[元] 郝经

居庸关，位于北京市昌平区西北，是燕山山脉万里长城沿途中的四大关隘之一。这里是古代北京的门户，不仅地势险要，易守难攻，是历代兵家的必争之地，而且此地的居庸叠翠也是燕京八景之一。

朔，易干会斗极，揭控地势，隘天隐日。玄冬之气，黄钟之律，凝结形见，聚而不散，常为冰雪，故号阴区。瞰临悬绝，以建瓴之势，居高走下，每制诸夏死命。故自三代、秦汉至于今，号称强悍之国，营幽、并、代之北。山岭隔阂，连高夹深，呀口岖脊数千里。岩壑重复，扼制出入。是天所以限南北，界内外，固中原之圉，壮天地之势者也。

自秦陇乱大河，东抵太和、紫荆，绕出卢龙之塞，列关数十。而居庸关在幽州之北，最为深阻，号天下四塞之一。大山中断，两岩峡束，石路盘肠，萦带隙罅。南曰南口，北曰北口。滴沥溅漫，常为冰霰。滑湿濡洒，侧轮跳足，殆六十里石穴。及出北口，则左转上谷之右，并长岭而西，阴烟枯沙，遗镞朽骨，凄风惨日，自为一天。中原能守，则为阳国北门；中原失守，则为阴国南门。故自汉、唐、辽、金以来，尝宿重兵，以谨管钥。

中统元年，皇帝即位于开平，则驻跸之南门；又将定都于燕都，则京师之北门，而屯壁之荒圮，恐启狨焉。故作铭畀燕京道宣慰府使勒石关上。且表请置兵以为设险守国之戒云。

# 大都赋（节选）

[元] 黄文仲

元大都，简称大都。这里是元朝全国的政治、经济、文化中心，也是数一数二的国际大都市。而今，北京城的基本格局也是建立在元大都的规划和设计之上的。

论其市廛，则通衢交错，列巷纷纭，大可以并百蹄，小可以方八轮。街东之望街西，仿而见，佛而闻；城南之走城北，出而晨，归而昏。华区锦市，聚四海之珍异；歌棚舞榭，选九州之秋芬。招提拟乎宸居，廛肆主于宦门。酤户何烨烨哉，扁斗大之金字；富民何振振哉，服龙盘之绣文。奴隶杂处而无辨，王侯并驱而不分。屠千首以终朝，酿万石而一旬。复有降蛇搏虎之技，援禽藏马之戏，驱鬼役神之术，谈天论地之艺，皆能以蛊人之心而荡人之魂。是故猛火烈山，车之轰也；怒风搏潮，市之声也；长云偃道，马之尘也；殷雷动地，鼓之鸣也。繁庶之极，莫得而名也。

若乃城阃之外，则文明为舳舻之津，丽正为衣冠之海，顺承为南商之薮，平则为西贾之派。天生地产，鬼宝神爱，人造物化，山奇海怪，不求而自至，不集而自萃。

是以吾都之人，室无白丁，庵无浪辈。累赢于毫毛，运意于蓰倍。一

069

日之间，一阒之内，重毂数百，交凑阛阓，初不计乎人之肩与驴之背。虽川流云合，无鞅而来，而随消随散，杳不知其何在。至有货殖之家，如王如孔，张筵列宴，招亲会朋，夸耀都人，而费几千万贯者，其视钟鼎岂不若土芥也哉？

若夫歌馆吹台，侯园相苑，长袖轻裾，危弦急管，结春柳以牵愁，伫秋月而流盼，临翠池而暑消，褰绣幌而云暖，一笑金千，一食钱万，此诚他方巨贾，远土谒宦，乐以消忧，流而忘返，吾都人往往面诮而背讪之也。

言其郊原，则春晚冰融，雨霁土沃，平平绵绵，天接四目。万犁散漫兮鸦点点，千村错落兮蜂簇簇。龙见而冻根载苗，火出而早莠渐熟。柳暗而始莳瓜，枣花而犹播谷。栽草数亩，可易一夫之粟；治蔬千畦，可当万户之禄。寒露既零，雄风亦多，率妇子以刈铚，忧气候之蹉跎。来铚去毂，如乱蚁之溃残垤；千囷万庾，若急雨之沤长河。爰涤我场，其乐孔多。有门外之黄鸡、玄凫，与沙际之绿鸟、白鹅。收霜菜而为菹，酿雪米而为醪。社长不见呼，县官不见科，喜丰年之无价，感圣化而讴歌。

# 燕山八景赋

[元] 陈栎

燕京八景乃北京著名的景观，最早记载于明张爵《京师五城坊巷胡同集》。1751 年，乾隆亲自主持确定燕京八景为太液秋风、琼岛春阴、金台夕照、蓟门烟树、西山晴雪、玉泉趵突、卢沟晓月、居庸叠翠，并沿用至今。

粤自昔之京师，称为众大之区。今大业之覆焘，亶亘古之所无。建皇都于燕山，信广大而超卓。稽载籍之所传，跨亳殷与京洛。仰景致之佳绝，殚泓颖而难穷。味绮名之有八，恍莫措其形容。

仙凡隔于苑墙，邃深而琼其岛；天未纵夫春阳，花命长而鲜好。池虽仍于古称，芙蕖艳其佳色；与景秋而最宜，凉飔生夫粼碧。潴为琼玉之浆，几万斛之珠滴，岁酿万寿之觞。横晴江之下垂，爱一壶之天成。金知出于谁铸，待夕阳之照出，色黄明而自媚。山屹峙于兑方，席花种而峥嵘。市烘黄锦之袄，天现白玉之屏。津赵北与燕南，鸡呼兔而澄澈；银蟾蜍之高卧，玉狻猊其如活。轩辕裔之蓟封，雨飞门而河翻，妙胜庐皋之瀑，高出龙门之滩。史尝纪夫居庸，名列三关之一。山虽皱而万叠，翠欲滴于一色。是为八景之略，愧其详之未知。

彼潇湘与凤翔，亦人题之昭如。兹偏方兮下国，景何一二而数。众

071

大古莫拟之，岂八景而但已？山水自于西北，景清淑之所钟。地广漠而深厚，极域阙之宏崇。合官府兮市里，暨民物之富庶。孰非可观之景，顾观光之犹未。将究极而论之曰：在德不在景，山川以人而重，德与景而悠久。亳殷、京洛之区，今视昔而依然。谓愚言之不信，何一胜而莫肩？如宋玉想象夫高唐，苏子亲见夫处境，虽铺张恐涉于虚无，知初咏未得其要领。

# 钓鱼台记

[明] 刘侗　于奕正

钓鱼台，位于北京西郊。因金章宗在此筑台垂钓而得其名。清代，乾隆下令疏通此处的玉渊潭，并于此地修建行宫，便成了我们如今所熟知的皇家园林。

近都邑而一流泉，古今园亭之矣。一园亭主易一园亭名，泉流不易也。

园亭有名，里井人俗传之，传其初者；主人有名，荐绅先生雅传之，传其著者；泉流则自传。偶一日，园亭主慎善主之，名听士人，游听游者。

出阜成门西十里花园村，古花园，其后村，今平畴也。金王郁钓鱼台，台其处郁前玉渊潭，今池也。有泉涌地出。古今人因之郁台焉钓焉，钓鱼台以名。元丁氏亭焉，玉渊以名其亭焉。文友亭焉酌焉，醉斯舞焉。饮山亭、婆娑亭，以自名。今不台亦不亭矣。堤柳四垂，水四面，一渚中央，渚置一榭，水置一舟。沙汀鸟闲，曲房人邃；藤花一架，水紫一方。自万历初，为李戚畹别墅。

# 畅春园记

[清] 玄烨

畅春园，位于北京市海淀区圆明园南，北京大学西。"畅春"两字由康熙所命，这也是他在北京西郊建造的第一所皇家园林。1860年，英法联军攻入北京，火烧圆明园时将其一并烧毁。

都城西直门外十二里曰"海淀"。淀有南有北，自万泉庄平地涌泉奔流，汇于丹陵沜。沜之大，以百顷沃野平畴，澄波远岫，绮合绣错，盖神皋之胜区也。

朕临御以来，日夕万几，罔自暇逸，久积辛劬，渐以滋疾。偶缘暇时于兹游憩，酌泉水而甘，顾而赏焉。清风徐引，烦疴乍除。爰稽前朝戚畹武清侯李伟因兹形胜，构为别墅。当时韦曲之壮丽，历历可考。杞废之余，遗址周环十里，虽岁远零落，故迹堪寻。瞰飞楼之郁律，循水槛之逶迤，古树苍藤，往往而在。爰诏内司少加规度，依高为阜，即卑成池，相体势之自然取石甓。夫固有计庸畀值，不役一夫。宫馆苑籞足为宁神怡性之所，永惟俭德，捐泰去雕。视昔亭台丘壑、林木泉石之胜，絜其广袤，十仅存夫六七，惟弥望涟漪，水势加胜耳。当夫重峦极浦，朝烟夕霏，芳荑发于四序，珍禽喧于百族，禾稼丰稔，满野铺芬，寓景无方，会心斯远。其或稌稑未实，旸雨非时，临陌以悯胼胝，开轩而察沟浍，占离毕则殷然望，咏云汉则悄然忧，宛若禹甸、周原在我户牖也。每以春秋佳日、天宇澄鲜之时，或盛夏郁蒸、炎景铄金之候，几务少暇，则祗奉颐养游息于兹，足以迓清和而涤烦暑，寄远瞩而康慈颜。扶舆后先，承欢爱日，有天伦之乐焉。

# 游潭柘记

［清］方苞

潭柘寺，位于北京市门头沟区潭柘山麓。始
建于西晋，是北京现存最古老的寺院。初名
嘉福寺，清康熙赐名岫云寺。因寺后有龙潭，
山上有柘树，故民间一直称为潭柘寺。

康熙戊戌夏四月望后七日，余将赴塞上，寓安偕刘生师向过余。会公
程可宽信宿，乃谋为潭柘之游，而从者难之，曰："道局窄不利行车，穷
日未可达也。"少间，云阴合，厉风起，众皆以为疑。寓安曰："车倍傎，
雨淋漓，诘旦必行。"

既就途，果回远，经砠碛，数顿撼。薄暮抵山口，而四望皆荒丘，虽
余亦几悔兹行之劳而无得也。入山一二里，径陡仄，下车步至寺门，而山
之面势始出，林泉清淑之气，旷然与人心相得。时日已向暝，乃宿寺西堂。
质明起，二子披衣攀蹑，穷寺之幽与高；降而左，出寺循山径东上，求潭
柘旧址。泉声随径转，林树密蒙，如行吴越溪山中，遇好石，辄列坐，淹
留不能进。日将中，从者曰："更迟之，事不逮矣。"余拂衣起，二子相
视怅然，计所历于山，得三之二，去潭侧二里，竟不能至也。昔庄周自述
所学，谓与天地精神往来。余困于尘劳，忽睹兹山之与吾神者善也，殆恍

然于周所云者。

余生山水之乡，昔之日，谁为羁继者？乃自牵于俗，以桎梏其身心，而负此时物，悔岂可追邪？夫古之达人，岩居川观，陆沉而不悔者，彼诚有见于功在天壤，名施罔极，终不以易吾性命之情也。况敝精神于蹇浅，而矻矻以终世乎？余老矣，自顾数奇，岂敢复妄意于此？而刘生志方盛，出而当官。得自有其身者，惟寓安耳。然则继自今，寓安尚可不觉寐哉？

# 圆明园记

［清］胤禛

圆明园，位于北京西郊，是一座清代的大型皇家园林。陆地建筑面积堪比故宫，水域面积相当于颐和园的面积。内部恢弘壮丽、造景繁多，兼有东西方风格。奈何，这座举世名园在 1860 年遭英法联军洗劫和焚毁。

圆明园在畅春园之北，朕藩邸所居赐园也。在昔，皇考圣祖仁皇帝听政余暇，游憩于丹陵沜之涘，饮泉水而甘。爰就明戚废墅，节缩其址，筑畅春园，熙春盛暑时临幸焉。以扈跸拜赐一区，林皋清淑，陂淀渟泓，因高就深，傍山依水，相度地宜。构结亭榭，取天然之趣，省工役之烦。槛花堤树，不灌溉而滋荣；巢鸟池鱼，乐飞潜而自集。盖以其地形爽垲，土壤丰嘉，百汇易以蕃昌，宅居于兹安吉也。园既成，仰荷慈恩，锡以园额曰圆明。

园之中或辟田庐，或营蔬圃，平原肮肮，嘉颖穰穰，偶一眺览则遐思，区夏普祝有秋。至若凭栏观稼，临陌占云，望好雨之知时，冀良苗之应候，则农夫勤瘁稼事艰难其景象，又恍然在苑囿间也。

若乃林光晴霁，池影澄清，净练不波，遥峰入镜，朝晖夕月，映碧涵虚，道妙自生天，怀顿朗乘。

春秋佳日，景物芳鲜，禽奏和声，花凝湛露，偶召诸王大臣从容游赏，济以舟楫，饷以果蔬，一体宣情，抒写畅洽，仰观俯察，游泳适宜，万象毕呈，心神怡旷，此则法皇考之亲贤礼下，对时育物也。

至若嘉名之锡以圆明，意旨深远，殊未易窥。尝稽古籍之言，体认圆明之德。夫圆而入神，君子之时中也；明而普照，达人之睿智也。

# 瀛台记

[清] 弘历

瀛台，位于北京中南海南海中的岛上。这里是明清两代帝王后妃的游玩之所，始建于明代，时称南台，清代扩建并更为现名。戊戌变法失败后，慈禧太后曾将光绪帝囚禁于此。

入西苑门有巨池，相传曰"太液"。循东岸南行，折而西，过木桥，邃宇五间，为勤政殿。自勤政殿南行，石堤可数十步，阶而升，有楼门向北，匾曰"瀛台门"。内有殿五间，为香扆殿。殿南飞阁环拱，自殿至阁，如履平地。忽缘梯而降，方知为上下楼。楼前有亭，临水，曰"迎薰"。亭东西奇石木，森列如屏。自亭东行，过石洞，奇峰峭壁，镠镴蓊蔚，有天然山林之致。盖瀛台惟北通一堤，其三面皆临太液，故自下视之，宫室殿宇，杂于山林之间，如图画所谓海中蓬莱者。名曰"瀛台"，岂其意乎？

# 八大刹

[清] 唐晏

八大刹，又称西山八大处，是北京著名的风景区之一。位于北京西郊，由翠微山、卢师山和平坡山三山环抱八座古刹，分别为长安寺、灵光寺、三山庵、大悲寺、龙泉庵、香界寺、宝珠洞、证果寺。

翠微山，八大刹所在也。八刹者，长安寺居西山之麓，为初地。寺左缘山而上，不一里则灵光寺也。寺最得地，且点缀亦佳，游者多宿此。再上，北为大悲寺，西为三山庵，皆不甚宏。又上，则龙泉寺，门外磴道曲折，长松蔽日。寺中水一池，泉声铿沓，龙所潜也。寺后轩阁随山为高下，可远瞩。又上半里，为香界寺，山之主刹。凡殿阁五层，石磴数百级，无平地矣。又上里余为宝珠洞，则至顶。洞前有敞榭，一目千里，共七刹也。

下山越涧而北，山之半有证果寺，即碧摩岩也。面对峭壁，下俯绝涧，西山最佳处。寺亦兼奥如旷如之致，为八刹最。

越山而西，有三台山、滴水岩；越山而北，有石子窝。循山北出杏子口，趋香山，则碧云寺、五华寺、玉皇顶、卧佛寺、宝藏寺皆山之名刹，而不在八刹以内。

此外皇姑寺、嘉禧寺、翠岫庵今皆废矣。庚子，"灵光""证果"毁于兵。

# 圆明园之黄昏

杨振声

荒芜在这里弥漫，一切自顾自地衰败，一切
自顾自地悲凉，一切自顾自地控诉。伴着黄
昏的光，爬上了作者的脸庞，化为哀伤，化
为满腔愤怒。他坚信，这里的一切不会被遗忘。

　　害病也得有害病的资格。假如有人关心你，那你偶然害点小病，倒可以真个享受点清福。院子静悄悄的，屋子也静悄悄的。只有一线阳光从窗隙里穿进，一直射在你床前的花瓶子上。假若你吃中国药的话，时时还有药香从帘缝攒进，扑到你鼻子里，把满屋子的寂静，添上一笔甜蜜的风味。你心里把什么事都放下；只懒洋洋地斜倚在枕上，默默地看那纸窗上筛着的几枝疏疏的竹影，随着轻风微微的动摇。忽地她轻轻的跑到你床前，问你想吃什么饭。你在这个时候，大可以利用机会要求平常你想吃她不肯作的菜吃吃。你有这样害病的福气，就使你没病，也可以装出几分病来，既可以骗她的几顿好饭吃，又可以骗到她平常不肯轻易给你的一种温柔。可是，假如没人关心你，只有厨子是你的一家之主，那你顶好是不害病。你病了不吃饭，他乐得少做几顿饭菜；你病了不出门，他乐得少擦几次皮鞋。你如其躺在床上，听他在廊檐下与隔壁的老妈子说笑，反不如硬着心肠一个人跑出去，也许在河边上找到株老柳，可以倚倚，看那水里的树影合游鱼；也许在山脚上碰到块石头，可以坐坐，望那天边的孤云与断雁。总之，没人关心你，你还躺在床上害病，是要不得的。

　　我心里这样的想着，我的脚已经走出大门来了。西风吹着成阵的黄叶，在脚下旋绕，眼前已是满郊秋色了。惘惘的过了石桥沿着河边走去，偶一抬头看见十几株岸然挺起的老柏，才知道已走到圆明园的门前。心想，以前总怕荒凉，对于这个历史的所在，老没好好地玩过。现在的心境，正难得个凄凉的处所给他解放解放。于是我就向着那漆雕全落，屋瓦半存的大门走去，门前坐了几个讨饭的花子，在夕阳里解衣捕虱。见人经过，他们也并不抬头睬一眼。我走进大门，只见一片荒草，漫漫的浸在西风残照里面，间或草田里站立个荷锄的农夫，土坡上，下来个看牛的牧子，这里见匹白马，在那儿闲闲的吃草，那里见头黄牛，在那儿舒舒的高卧。不但昔日的宫殿楼台，全变成无边萋萋衰草，就是当年的曲水清塘，也全都变成一片的萧萧芦苇了。你总想凭吊，也没有一点印痕可寻，一个人只凄凄的在古墟断桥间徘徊着，忽然想起义大利宫来，荒草蔓路之中，不知从那里走去，恰巧土坡前有个提篮挖菜的小孩子，我走过去问他一声。他领我走上土坡去，向北指着一带颓墙给我看，依稀中犹望见片段的故宫墙壁，屹立在夕阳里面。离开了挖菜小孩子，我沿着生满芦苇的池塘边一条小路走去。四围只听到西风吹的草叶与芦苇瑟瑟作响。又转过几个土山，经过几处曲塘，一路上都望不到那故宫的影子。过一个石镇的小桥，那水真晶莹得可爱。踏过小桥，前面又是土山。还不知那故宫究在何处。忽然一转土山，那数座白玉故宫的遗址便突然现于面前了。只觉得恍惚中另到一个世界似的。欣赏，赞叹，惋惜，凄怆，一时都攒上心来！这一连几座宫殿，当日都是白玉为台，白玉为阶，白玉为柱，白玉为墙的。于今呢？几乎全没于蓬蒿荆棘中了！屋顶不用说，是全脱盖了，墙壁也全坍塌了，白玉呢？有的卧在草中，有的半埋土下，有的压于石土之底，有的欹在石柱之上。雕刻呢？有的碎成片段了，有的泥土污渍了，有的人丢了头，有的龙断了尾，有的没在河沟里面，有的被人偷去了！只剩下一列列的玉柱，屹立在夕照里面，像一队压阵角的武士。在柱前徘徊徘徊，看看那柱上的雕刻，披开荒草，摸摸那石上的图案，使你不能不想见当时的艺术，再看看那石壁颓为土邱，玉阶蔓生荆棘，当日庭院，于今只有茂草；当日清池，于今变成污泽；这白玉栏杆，当年有多少宫人，曾经倚了笑语，于今只围绕着寒蛩的切切哀吟了；这莹澈的池水，当年有几番画舫的笙歌，于今只充满着芦苇的萧萧悲语了；这玉殿洞房，当年藏过多少的金粉佳丽，于今只成个狐狸出没的荒丘了；这皇宫御院，当年是个威严多么的所在，如今只有看羊的牧子，露宿的乞儿偶来栖息了。虽说是你看了罗马的故宫，不必感到罗马的兴亡；可是如法国的费尔赛，芳吞波罗等废宫，都在民国里保存着，为国家建筑艺术的珍品，我们为什么把这样的古迹都听他去与荆棘争命呢！且听说有人把石柱与雕刻偷偷卖与外人，这是何等羞耻的事！这种罗马式的建筑，在中国是惟一的古迹，你毁他一块小石，都觉得是犯了罪，竟有大批偷着卖的事；为什么政府与社会都不肯保重点古迹呢！

　　我正在这样的幻想，低头看见我的影子，已淡淡的印在古台上了。抬起头来只见怆凄的半月，已从西半天上放出素光，侵入这一片荒凉之中，这成堆的白玉，再镀上这一层银色的月光，越现其洁白，苍凉，素净，寒气逼人。我心想走上高台，领略领略这全境的清切罢。刚到台级，只见在两个石柱中间现出一双灯亮的眼睛正对望着我，我不觉打了个寒噤。那边草一响，向上一跳，在月光迷离中照出一道弓形的曲线，蓬蓬大尾，窜入荒草，接着是一阵草叶响，我才知道是只野狐。心跳的定一定，耳边上风动草叶声，芦叶相擦声，风过石壁声，卷黄叶声，唧唧的蟋蟀声，潺潺的小流声，都来增加这地方的寂静。再看那四面巉岩的白石，森森如鬼立，地上颓卧的石条，凝冷如僵尸，我自己的牙根，也禁不住的震动了。通身如浸在冰窟一般。自己才想起若再添了病，回家没人关心怎么好，只得转身往回头走来。刚出了故宫的旧址，来到土坡上，不觉回头望一望，只见一片玉海，在迷离的银雾笼罩中，若有无限哀怨似的。我悄然下了土坡，一个人伴着影子走，心里总是不解，为什么英法要烧掉这座园子，假若他们能把清家的帝王烧死在宫里，也还有个道理可说，却只单单的烧掉这件历史上的艺术品！难道我们烧了他们的鸦片，他们就有权利来烧我们的艺术品吗？

# 陶然亭

张恨水

陶然亭，位于北京市西城区，为中国四大名
亭之一。该亭始建于清康熙年间，其名取自
白居易《与梦得沽酒闲饮且约后期》一诗。
该亭备受历代文人墨客青睐，被誉为"周侯
藉卉之所，右军修禊之地"。

陶然亭好大一个名声，它就跟武昌黄鹤楼、济南趵突泉一样：来过北京的人回家后，家里人一定会问："你到过陶然亭吗？"因之在三十五年前，我到北京的第一件事，就是去逛陶然亭。

那时候没有公共汽车，也没有电车。找了一个三秋日子，真可以说是云淡风轻，于是前去一逛。可是路又极不好走，满地垃圾，坎坷不平，高一脚，低一脚。走到陶然亭附近，只看到一片芦苇，远处呢，半段城墙。至于四周人家，房屋破破烂烂。不仅如此，到外还有乱坟葬埋。虽然有些树，但也七零八落，谈不到什么绿荫。我手拂芦苇，慢慢前进。可是飞虫乱扑，最可恨是苍蝇、蚊子到处乱钻。我心想，陶然亭就是这个样子吗？

所谓陶然亭，并不是一个亭，是一个土丘，丘上盖了一所庙宇：不过北、西、南三面，都盖了一列房子，靠西的一面还有廊子，有点像水榭的形式。登这廊子一望，隐隐约约望见一抹西山，其近处就只有芦苇遍地了。

据说这一带地方是饱经沧桑的，早年原不是这样，有水，有船，也有些树木。清朝康熙年间，有位工部郎中江藻，他看此地还有点野趣，就在这庙里盖了三间西厅房。采用了白居易的诗"更待菊黄家酿熟，与君一醉一陶然"的句子，称它作陶然亭；后来成为一些文人在重阳登高宴会之所。到了乾隆年间，这地方成了一片苇塘。乱坟本来就有，以后年年增加，就成为三十五年前我到北京来的模样了。

过去，北京景色最好的地方，都是皇帝的禁苑，老百姓是不能去的。只有陶然亭地势宽阔，又有些野景，它就成为普通百姓以及士大夫游览聚会之地。同时，应科举考试的人，中国哪一省都有，到了北京，陶然亭当然去逛过。因之陶然亭的盛名，在中国就传开了。我记得作《花月痕》的魏子安，有两句诗说陶然亭："地匝万芦吹絮乱，天空一雁比人轻。"这要说到序属三秋的时候，说陶然亭还有点儿像。可是这三十多年以来，陶然亭一年比一年坏。我三度来到北京，而且住的日子都很长，陶然亭虽然去过一两趟，总觉得"地匝万芦吹絮乱"句子而外，其余一点儿什么都没有。真是对不住那个盛名了。

一九五五年听说陶然亭修得很好；一九五六年听说陶然亭更好，我就在六月中旬，挑了一个晴朗的日子，带着我的妻女，坐公共汽车前去。一望之间，一片绿荫，露出两三个亭角，大道宽坦，两座辉煌的牌坊，遥遥相对。还有两路小小的青山，分踞着南北。好像这就告诉人，山外还有山呢。妻说："这就是陶然亭吗？我自小在这附近住过好多年，怎么改造得这样好，我一点儿都不认识了。"我指着大门边一座小青山说："你看，这就是窑台，你还认得吗？"妻说："哎呀！这山就是窑台？这地方原是个破庙，现在是花木成林，还有石坡可上啊！"她是从童年就生长在这里的人，现在连一点儿都不认得了。从她吃惊的情形就可以感觉到：陶然亭和从前一比，不知好到什么地步了。

陶然亭公园里面沿湖有三条主要的大路，我就走了中间这条路，路面是非常平整的。从东到西约两里多路宽的地方，挖了很大很深的几个池塘，曲折相连。北岸有游艇出租处，有几十只游艇，停泊在水边等候出租。我走不多远，就看见两座牌坊，雕刻精美，金碧辉煌，仿佛新制的一样。其实是东西长安街的两个牌楼迁移到这里重新修起来的。这两座妨碍交通的建筑在这里总算找到了它的归宿。

走进几步，就是半岛所在，看去，两旁是水，中间是花木。山脚一座凌霄花架，作为游人纳凉的地方。山上有一四方凉亭。山后就是过去香冢遗迹了。原来立的碑，尚完整存在，一诗一铭，也依然不少分毫。我看两个人在这里念诗，有一个人还是斑白胡子呢。顺着一条贫路，穿了几棵大树上前，在东角突然起一小山，有石级可以盘曲着上去。那里绿荫蓬勃，都是新栽不久的花木，都有丈把儿高了。这里也有一个亭子，站在这里，只觉得水木清华，尘飞不染。我点点头说："这里很不错啊！"

西角便是真正陶然亭了。从前进门处是一个小院子，西边脚下，有几间破落不堪的屋子。现在是一齐拆除，小院子成了平地，当中又栽了十几棵树，石坡也改为泥面的。登上土坛，只见两棵二百年的槐树，正是枝叶葱茏。远望四围一片苍翠，仿佛是绿色屏障，再要过了几年，这周围的树，更大更密，那园外尽管车水马龙，一概不闻不见，园中清静幽雅，就成为另一世界了。我们走进门去过厅上挂了一块匾，大书"陶然"二字。那几间庙宇，可以不必谈。西、南、北三面房屋，门户洞开，偏西一面有一带廊子，正好远望。房屋已经过修饰，这里有服务外卖茶，并有茶点部。坐在廊下喝茶，感到非常幽静。

近处隔湖有云绘楼，水榭下面，清池一湾，有板桥通过这个半岛。我心里暗暗称赞："这样确是不错！"我妻就问："有一些清代小说之类，说起饮酒陶然亭，就是这里吗？"我说："不错，就是我们坐的这里。你看这墙上嵌了许多石碑，这就是那些士大夫们留的文墨。至于好坏一层，用现在的眼光看起来，那总是好的很少吧。"

坐了一会儿，我们出了陶然亭，又跨过了板桥，这就上了云绘楼。这楼有三层，雕梁画栋，非常华丽。往西一拐，露出了两层游廊，游廊尽处，又是一层，题曰清音阁。阁后有石梯，可以登楼。这楼在远处觉得十分富丽雄壮，及向近处看，又曲折纤巧。打听别人，才知道原来是从中南海移建过来的。它和陶然亭隔湖相对，增加不少景色。

公园南面便是旧城脚下，现已打通了一个豁口。沿湖岸东走，处处都是绿荫，水色空蒙，回头望望，湖中倒影非常好看。又走了半里路，面前忽然开朗，有一个水泥面的月形舞场，四周柱灯林立。摆池足可以容纳得下二三百人。当夕阳西下，各人完了工，邀集二三友好，或者泛舟湖面，或者就在这里跳舞，是多好的娱乐啊！对着太平街另外一门，杨柳分外多，一面青山带绿，一面是清水澄明，阵阵轻风，扑人眉发。晚来更是清静。

再取道西进，路北有小山一叠，有石级可上，山上还有一亭小巧玲珑。附近草坪又厚又软。这里的草，是河南来的，出得早，萎枯得晚，加之经营得好，就成了碧油油的一片绿毯了。

回头，我们又向西慢慢地徐行。过了儿童体育场，和清代时候盖的抱冰堂，就到了三个小山合抱的所在，这三个小山，把园内西南角掩藏了一些。如果没有这山，就直截了当地看到城墙这么一段，就没有这样妙了。

园内几个池塘，共有二百八十亩大，一九五二年开工，只挖了一百七十天就完工了，挖出的土就堆成七个小山，高低参差，增加了立体的美感。

这一趟游陶然亭公园，绕着这几座山共走了约五里路，临行还有一点儿留恋。这个面目一新的陶然亭，引起我不少深思。要照从前的秽土成堆，那过了两三年就湮没了。有些知道陶然亭的人，恐怕只有在书上找它陈迹了吧？现在逛陶然亭真是其乐陶陶了。

# 谭柘寺 戒坛寺

朱自清

戒坛寺，位于北京西郊马鞍山麓。始建于唐武德年间，有"天下第一坛"之美誉。该寺原名慧聚寺，因寺中有戒坛而通称戒坛寺。后因乾隆帝亲题《初至戒台六韵》诗而得名戒台寺。

　　早就知道潭柘寺，戒坛寺。在商务印书馆的《北平指南》上，见过潭柘的铜图，小小的一块，模模糊糊的，看了一点没有想去的意思。后来不断地听人说起这两座庙；有时候说路上不平静，有时候说路上红叶好。说红叶好的劝我秋天去；但也有人劝我夏天去。有一回骑驴上八大处，赶驴的问逛过潭柘没有，我说没有。他说潭柘风景好，那儿满是老道，他去过，离八大处七八十里地，坐轿骑驴都成。我不大喜欢老道的装束，尤其是那满蓄着的长头发，看上去啰里啰唆，龌里龌龊的。更不想骑驴走七八十里地，因为我知道驴子与我都受不了。真打动我的倒是"潭柘寺"这个名字。不懂不是？就是不懂的妙。躲懒的人念成"潭拓寺"，那更莫名其妙了。这怕是中国文法的花样；要是来个欧化，说是"潭和柘的寺"，那就用不着咬嚼或吟味了。还有在一部诗话里看见近人咏戒台松的七古，诗腾挪夭矫，想来松也如此。所以去。但是在夏秋之前的春天，而且是早春；北平的早春是没有花的。

这才认真打听去过的人。有的说住潭柘好，有的说住戒坛好。有的人说路太难走，走到了筋疲力尽，再没兴致玩儿；有人说走路有意思。又有人说，去时坐了轿子，半路上前后两个轿夫吵起来，把轿子搁下，直说不抬了。于是心中暗自决定，不坐轿，也不走路；取中道，骑驴子。又按普通说法，总是潭柘寺在前，戒坛寺在后，想着戒坛寺一定远些；于是决定住潭柘，因为一天回不来，必得住。门头沟下车时，想着人多，怕雇不着许多驴，但是并不然——雇驴的时候，才知道戒坛去便宜一半，那就是说近一半。这时候自己忽然逞起能来，要走路。走吧。

这一段路可够瞧的。像是河床，怎么也挑不出没有石子的地方，脚底下老是绊来绊去的，教人心烦。又没有树木，甚至于没有一根草。这一带原是煤窑，拉煤的大车往来不绝，尘土里饱和着煤屑，变成黯淡的深灰色，教人看了透不出气来。走一点钟光景。自己觉得已经有点办不了，怕没有走到便筋疲力尽；幸而山上下来一条驴，如获至宝似地雇下，骑上去。这一天东风特别大。平常骑驴就不稳，风一大真是祸不单行。山上东西都有路，很窄，下面是斜坡；本来从西边走，驴夫看风势太猛，将驴拉上东路。就这么着，有一回还几乎让风将驴吹倒；若走西边，没有准儿会驴我同归哪。想起从前人画风雪骑驴图，极是雅事；大概那不是上潭柘寺去的。驴背上照例该有些诗意，但是我，下有驴子，上有帽子眼镜，都要照管；又有迎风下泪的毛病，常要掏手巾擦干。当其时真恨不得生出第三只手来才好。

东边山峰渐起，风是过不来了；可是驴也骑不得了，说是坎儿多。坎儿可真多。这时候精神倒好起来了：崎岖的路正可以练腰脚，处处要眼到心到脚到，不像平地上。人多更有点竞赛的心理，总想走上最前头去，再则这儿的山势虽然说不上险，可是突兀，丑怪，巉刻的地方有的是。我们说这才有点儿山的意思；老像八大处那样，真教人气闷闷的。于是一直走到潭柘寺后门；这段坎儿路比风里走过的长一半，小驴毫无用处，驴夫说："咳，这不过给您做个伴儿！"

墙外先看见竹子，且不想进去。又密，又粗，虽然不够绿。北平看竹子，真不易。又想到八大处了，大悲庵殿前那一溜儿，薄得可怜，细得也可怜，比起这儿，真是小巫见大巫了。进去过一道角门，门旁突然亭亭地矗立着两竿粗竹子，在墙上紧紧地挨着；要用批文章的成语，这两竿竹子足称得起"天外飞来之笔"。

正殿屋角上两座琉璃瓦的鸱吻，在台阶下看，值得徘徊一下。神话说殿基本是青龙潭，一夕风雨，顿成平地，涌出两鸱吻。只可惜现在的两座太新鲜，与神话的朦胧幽秘的境界不相称。但是还值得看，为的是大得好，在太阳里嫩黄得好，闪亮得好；那拴着的四条黄铜链子也映衬得好。寺里殿很多，层层折折高上去，走起来已经不平凡，每殿大小又不一样，塑像摆设也各出心裁。看完了，还觉得无穷无尽似的。正殿下延清阁是待客的地方，远处群山像屏障似的。屋子结构甚巧，穿来穿去，不知有多少间，好像一所大宅子。可惜尘封不扫，我们住不着。话说回来，这种屋子原也不是预备给我们这么多人挤着住的。寺门前一道深沟，上有石桥；那时没有水，或是现在去，倚在桥上听潺潺的水声，倒也可以忘我忘世。过桥四株马尾松，枝枝覆盖，叶叶交通，另成一个境界。西边小山上有个古观音洞。洞无可看，但上去时在山坡上看潭柘的侧面，宛如仇十洲的《仙山楼阁图》；往下看是陡峭的沟岸，越显得深深无极，潭柘简直有海上蓬莱的意味了。寺以泉水著名，到处有石槽引水长流，倒也涓涓可爱。只是流觞亭雅得那样俗，在石地上楞刻着蚯蚓般的槽；那样流觞，怕只有孩子们愿意干。现在兰亭的"流觞曲水"也和这儿的一鼻孔出气，不过规模大些。晚上因为带的铺盖薄，冻得睁着眼，却听了一夜的泉声；心里想要不冻着，这泉声够多清雅啊！寺里并无一个老道，但那几个和尚，满身铜臭，满眼势利，教人老不能忘记，倒也麻烦的。

第二天清早，二十多人满雇了牲口，向戒坛而去，颇有浩浩荡荡之势。我的是一匹骡子，据说稳得多。这是第一回，高高兴兴骑上去。这一路要翻罗喉岭。只是土山，可是道儿窄，又曲折；虽不高，老那么凸凸凹凹的。许多处只容得一匹牲口过去。平心说，是险点儿。想起古来用兵，从间道袭敌人，许也是这种光景吧。

戒坛在半山上，山门是向东的。一进去就觉得平旷；南面只有一道低低的砖栏，下边是一片平原，平原尽处才是山，与众山屏蔽的潭柘气象便不同。进二门，更觉得空阔疏朗，仰看正殿前的平台，仿佛汪洋千顷。这平台东西很长，是戒坛最胜处，眼界最宽，教人想起"振衣千仞冈"的诗句。三株名松都在这里。"卧龙松"与"抱塔松"同是偃仆的姿势，身躯奇伟，鳞甲苍然，有飞动之意。"九龙松"老干槎枒，如张牙舞爪一般。若在月光底下，森森然的松影当更有可看。此地最宜低徊流连，不是匆匆一览所可领略。潭柘以层折胜，戒坛以开朗胜；但潭柘似乎更幽静些。戒坛的和尚，春风满面，却远胜于潭柘的；我们之中颇有悔不该在潭柘的。戒坛后山上也有个观音洞。洞宽大而深，大家点了火把嚷嚷闹闹地下去；半里光景的洞满是油烟，满是声音。洞里有石虎，石龟，上天梯，海眼等等，无非是凑凑人的热闹而已。

还是骑骡子。回到长辛店的时候，两条腿几乎不是我的了。

# 我们的首都

林徽因

中山堂、故宫、颐和园、北海公园、雍和宫……
林徽因把自己对北京、对建筑的一腔热爱都
投入到了文字中，一点一点讲述着每一个景
点的故事。流逝的时间也呈现在每一个建筑
上，余味无穷。

## 中山堂

我们的首都是这样多方面的伟大和可爱，每次我们都可以从不同的事物来介绍和说明它，来了解和认识它。我们的首都是一个最富于文物建筑的名城；从文物建筑来介绍它，可以更深刻地感到它的伟大与罕贵。下面这个镜头就是我要在这里首先介绍的一个对象。

它是中山公园内的中山堂。你可能已在这里开过会，或因游览中山公园而认识了它；你也可能是没有来过首都而希望来的人，愿意对北京有个初步的了解。让我来介绍一下吧，这是一个愉快的任务。

这个殿堂的确不是一个寻常的建筑物；就是在这个满是文物建筑的北京城里，它也是极其罕贵的一个。因为它是这个古老的城中最老的一座木构大殿，它的年龄已有五百三十岁了。它是十五世纪二十年代的建筑，是明朝永乐由南京重回北京建都时所造的许多建筑物之一，也是明初工艺最旺盛的时代里，我们可尊敬的无名工匠们所创造的、保存到今天的一个实物。

这个殿堂过去不是帝王的宫殿，也不是佛寺的经堂；它是执行中国最原始宗教中祭祀仪节而设的坛庙中的"享殿"。中山公园过去是"社稷坛"，就是祭土地和五谷之神的地方。

凡是坛庙都用柏树林围绕，所以环境优美，成为现代公园的极好基础。社稷坛全部包括中央一广场，场内一方坛，场四面有短墙和棂星门；短墙之外，三面为神道，北面为享殿和寝殿；它们的外围又有红围墙和美丽的券洞门。正南有井亭，外围古柏参天。

中山堂的外表是个典型的大殿。白石镶嵌的台基和三道石级，朱漆合抱的并列立柱，精致的门窗，青绿彩画的阑额，由于综错木材所组成的"斗拱"和檐椽等所造成的建筑装饰，加上黄琉璃瓦巍然耸起，微曲的坡顶，都可说是典型的、但也正是完整而美好的结构。它比例的稳重，尺度的恰当，也恰如它的作用和它的环境所需要的。它的内部不用天花顶棚，而将梁架斗拱结构全部外露，即所谓"露明造"的格式。我们仰头望去，就可以看见每一块结构的构材处理得有如装饰画那样美丽，同时又组成了巧妙的图案。当然，传统的青绿彩绘也更使它灿烂而华贵。但是明初遗物的特征是木材的优良（每柱必是整料，且以楠木为主）和匠工砍削榫卯的准确，这些都不是在外表上显著之点，而是属于它内在的品质的。

中国劳动人民所创造的这样一座优美的、雄伟的建筑物，过去只供封建帝王愚民之用，现在回到了人民的手里，它的效能，充分地被人民使用了。

一九四九年八月，北京市第一届人民代表会议，就是在这里召开的。两年多来，这里开过各种会议百余次。这大殿是多么恰当地用作各种工作会议和报告的大礼堂！而更巧的是同社稷坛遥遥相对的太庙，也已用作首都劳动人民的文化宫了。

## 北京市劳动人民文化宫

北京市劳动人民文化宫是首都人民所熟悉的地方。它在天安门的左侧，同天安门右侧的中山公园正相对称。它所占的面积很大，南面和天安门在一条线上，北面背临着紫禁城前的护城河，西面由故宫前的东千步廊起，东面到故宫的东墙根止，东西宽度恰是紫禁城的一半。这里是四百零八年以前（明嘉靖二十三年，一五四四年）劳动人民所辛苦建造起来的一所规模宏大的庙宇。它主要是由三座大殿、三进庭院所组成；此外，环绕着它的四周的，是一片蓊郁古劲的柏树林。

这里过去称做"太庙"，只是沉寂地供着一些死人牌位和一年举行几次皇族的祭祖大典的地方。解放以后，一九五〇年国际劳动节，这里的大门上挂上了毛主席亲笔题的匾额——"北京市劳动人民文化宫"，它便活跃起来了。在这里面所进行的各种文化娱乐活动经常受到首都劳动人民的热烈欢迎，以至于这里林荫下的庭院和大殿里经常挤满了人，假日和举行各种展览的时候，等待入门的行列有时一直排到天安门前。

在这里，各种文化娱乐活动是在一个特别美丽的环境中进行的。这个环境的特点有二：

一、它是故宫中工料特殊精美而在四百多年中又丝毫未被伤毁的一个完整的建筑组群。

二、它的平面布局是在祖国的建筑体系中，在处理空间的方法上最卓越的例子之一。不但是它的内部布局爽朗而紧凑，在虚实起伏之间，构成一个整体，并且它还是故宫体系总布局的一个组成部分，同天安门、端门和午门有一定的关系。如果我们从高处下瞰，就可以看出文化宫是以一个广庭为核心，四面建筑物环抱，北面是建筑的重点。这不单是一座单独的殿堂，而是前后三殿：中殿与后殿都各有它的两厢配殿和前院；前殿特别雄大，有两重屋檐，三层石基，左右两厢是很长的廊庑，像两臂伸出抱拢着前面广庭。南面的建筑很简单，就是入口的大门。在这全组建筑物之外，环绕着两重有琉璃瓦饰的红墙，两圈红墙之间，是一周苍翠的老柏树林。南面的树林是特别大的一片，造成浓荫，和北头建筑物的重点恰相呼应。它们所留出的主要空间就是那个可容万人以上的广庭，配合着两面的廊子。这样的一种空间处理，是非常适合于户外的集体活动的。这也是我们祖国建筑的优良传统之一。这种布局与中山公园中社稷坛部分完全不同，但在比重上又恰是对称的。如果说社稷坛是一个四条神道由中心向外展开的坛（仅在北面有两座不高的殿堂），文化宫则是一个由四面殿堂廊屋围拢来的庙。这两组建筑物以端门前庭为锁钥，和午门、天安门是有机地联系着的。在文化宫里，如果我们由下往上看，不但可以看到北面重檐的正殿巍然而起，并且可以看到午门上的五凤楼一角正成了它的西北面背景，早晚云霞，金瓦翚飞，气魄的雄伟，给人极深刻的印象。

## 故宫三大殿

北京城里的故宫中间，巍然崛起的三座大宫殿是整个故宫的重点，"紫禁城"内建筑的核心。以整个故宫来说，那样庄严宏伟的气魄；那样富于组织性，又富于图画美的体形风格；那样处理空间的艺术；那样的工程技术，外表轮廓，和平面布局之间的统一的整体，无可否认的，它是全世界建筑艺术的绝品，它是一组伟大的建筑杰作，它也是人类劳动创造史中放出异彩的奇迹之一。我们有充足的理由，为我们这"世界第一"而骄傲。

三大殿的前面有两段作为序幕的布局，是值得注意的。第一段，由天安门，经端门到午门，两旁长列的"千步廊"是个严肃的开端。第二段在午门与太和门之间的小广场，更是一个美丽的前奏。这里一道弧形的金水河，和河上五道白石桥，在黄瓦红墙的气氛中，北望太和门的雄劲，这个环境适当地给三殿做了心理准备。

太和、中和、保和三座殿是前后排列着同立在一个庞大而崇高的"工"字形白石殿基上面的。这种台基过去称"殿陛"，共高二丈，分三层，每层有刻石栏杆围绕，台上列铜鼎等。台前石阶三列，左右各一列，路上都有雕镂隐起的龙凤花纹。这样大尺度的一组建筑物，是用更宏大尺度的庭院围绕起来的。广庭气魄之大是无法形容的。庭院四周有廊屋，太和与保和两殿的左右还有对称的楼阁和翼门，四角有小角楼。这样的布局是我国特有的传统，常见于美丽的唐宋壁画中。

三殿中，太和殿最大，也是全国最大的一个木构大殿。横阔十一间，进深五间，外有廊柱一列，全个殿内外立着八十四根大柱。殿顶是重檐的"庑殿式"，瓦顶，全部用黄色的琉璃瓦，光泽灿烂，同蓝色天空相辉映。底下彩画的横额和斗拱，朱漆柱，金琐窗，同白石阶基也作了强烈的对比。这个殿建于康熙三十六年（公元一六九七年），已有三百五十五岁，而结构整严完好如初。内部渗金盘龙柱和上部梁枋藻井上的彩画虽剥落，但仍然华美动人。

中和殿在工字基台的中心，平面为正方形，宋元工字殿当中的"柱廊"竟蜕变而成了今天的亭子形的方殿。屋顶是单檐"攒尖顶"，上端用渗金圆顶为结束。此殿是清初顺治三年的原物，比太和殿又早五十余年。

保和殿立在工字形殿基的北端，东西阔九间，每间尺度又都小于太和殿，上面是"歇山式"殿顶，它是明万历的"建极殿"原物，未经破坏或重修的。至今上面柱上还留有"建极殿"标识。它是三殿中年寿最老的。已有三百三十七年的历史。

三大殿中的两殿，一前一后，中间夹着略为低小的单位所造成的格局，是它美妙的特点。要用文字形容三殿是不可能的，而同时因环境之大，摄影镜头很难把握这三殿全部的雄姿。深刻的印象，必须亲自进到那动人的环境中，才能体会得到。

# 北海公园

在二百多万人口的城市中，尤其是在布局谨严，街道引直，建筑物主要都左右对称的北京城中，会有像北海这样一处水阔天空，风景如画的环境，据在城市的心脏地带，实在令人料想不到，使人惊喜。初次走过横亘在北海和中海之间的金鳌玉蝀桥的时候，望见隔水的景物，真像一幅画面，给人的印象尤为深刻。耸立在水心的琼华岛，山巅白塔，林间楼台，受晨光或夕阳的渲染，景象非凡特殊，湖岸石桥上的游人或水面小船，处处也都像在画中。池沼园林是近代城市的肺腑，藉以调节气候，美化环境，休息精神；北海风景区对全市人民的健康所起的作用是无法衡量的。北海在艺术和历史方面的价值都是很突出的，但更可贵的还是在它今天回到了人民手里，成为人民的公园。

我们重视北海的历史，因为它也就是北京城历史重要的一段。它是今天的北京城的发源地。远在辽代（十一世纪初），琼华岛的地址就是一个著名的台，传说是"萧太后台"；到了金朝（十二世纪中），统治者在这里奢侈地为自己建造郊外离宫：凿大池，改台为岛，移北宋名石筑山，山巅建美丽的大殿。元忽必烈攻破中都，曾住在这里。元建都时，废中都旧城，选择了这离宫地址作为他的新城，大都皇宫的核心，称北海和中海为太液池。元的三个宫分立在两岸，水中前有"瀛洲圆殿"，就是今天的团城，北面有桥通"万岁山"，就是今天的琼华岛。岛立太液池中，气势雄壮，山巅广寒殿居高临下，可以远望西山，俯瞰全城，是忽必烈的主要宫殿，也是全城最突出的重点。明毁元三宫，建造今天的故宫以后，北海和中海的地位便不同了，也不那样重要了。统治者把两海改为游宴的庭园，称做"内苑"。广寒殿废而不用，明万历时坍塌。清初开辟南海，增修许多庭园建筑，北海北岸和东岸都有个别幽静的单位。北海面貌最显著的改变是在一六五一年，琼华岛广寒殿旧址上，建造了今天所见的西藏式白塔。岛正面半山殿堂也改为佛寺，由石阶直升上去，遥对团城。这个景象到今天已保持整整三百年了。

北海布局的艺术手法是继承宫苑创造幻想仙境的传统，所以它以琼华岛仙山楼阁的姿态为主：上面是台殿亭馆；中间有岩洞石室；北而游廊环抱，廊外有白石栏循，长达三百米；中间漪澜堂，上起轩楼为远帆楼，和北岸的五龙亭隔水遥望，互见缥缈，是本着想像的仙山景物而安排的。湖心本植莲花，其间有画舫来去。北岸佛寺之外，还作小西天，又受有佛教画的影响。其他如桥亭堤岸，多少是模拟山水画意。北海的布局是有着丰富的艺术传统的。它的曲折有趣、多变化的景物，也就是它最得游人喜爱的因素。同时更因为它的水面宏阔，林岸较深，尺度大，气魄大，最适合于现代青年假期中的一切活动：划船、滑冰、登高远眺，北海都有最好的条件。

## 天坛

天坛在北京外城正中线的东边，占地差不多四千亩，围绕着有两重红色围墙。墙内茂密参天的老柏树，远望是一片苍郁的绿荫。由这树林中高高耸出深蓝色伞形的琉璃瓦顶，它是三重檐子的圆形大殿的上部，尖端上闪耀着涂金宝顶。这是祖国一个特殊的建筑物，世界闻名的天坛祈年殿。由南方到北京来的火车，进入北京城后，车上的人都可以从车窗中见到这个景物。它是许多人对北京文物建筑最先的一个印象。

天坛是过去封建主每年祭天和祈祷丰年的地方，是封建的愚民政策和迷信的产物；但它也是过去辛勤的劳动人民用血汗和智慧所创造出来的一种特殊美丽的建筑类型，今天有着无比的艺术和历史价值。

天坛的全部建筑分成简单的两组，安置在平舒开朗的环境中，外周用深深的树林围护着。南面一组主要是祭天的大坛，称做"圜丘"，各一座不大的圆殿，称"皇穹宇"。北面一组就是祈年殿和它的后殿——皇乾殿、东西配殿和前面的祈年门。这两组相距约六百米，有一条白石大道相联。两组之外，重要的附属建筑只有向东的"齐宫"一处。外面两周的围墙，在平面上南边一半是方的，北边一半是半圆形的。这是根据古代"天圆地方"的说法而建筑的。

圜丘是祭天的大坛，平面正圆，全部白石砌成；分三层，高约一丈六尺；最上一层直径九丈，中层十五丈，底层二十一丈。每层有石栏杆绕着，三层栏板共合成三百六十块，象征"周天三百六十度"。各层四面都有九步台阶。这座坛全部尺寸和数目都用一、三、五、七、九的"天数"或它们的倍数，是最典型的封建迷信结合的要求。但在这种苛刻条件下，智慧的劳动人民却在造型方面创造出一个艺术杰作。这座洁白如雪、重叠三层的圆坛，周围环绕着玲珑像花边般的石刻栏杆，形体是这样的美丽，它永远是个可珍贵的建筑物，点缀在祖国的地面上。

圜丘北面棂星门外是皇穹宇。这座单檐的小圆殿的作用是存放神位木牌（祭天时"请"到圜丘上面受祭，祭完送回）。最特殊的是它外面周绕的围墙，平面作成圆形，只在南面开门。墙面是精美的磨砖对缝，所以靠墙内任何一点，向墙上低声细语，他人把耳朵靠近其它任何一点，都可以清晰听到。人们都喜欢在这里做这种"声学游戏"。

祈年殿是祈谷的地方，是个圆形大殿，三重蓝色琉璃瓦檐，最上一层上安金顶。殿的建筑用内外两周的柱，每周十二根，里面更立四根"龙井柱"。圆周十二间都安格扇门，没有墙壁，庄严中呈显玲珑。这殿立在三层圆坛上，坛的样式略似圜丘而稍大。

天坛部署的规模是明嘉靖年间制定的。现存建筑中，圜丘和皇穹宇是清乾隆八年（一七四三年）所建。祈年殿在清光绪十五年雷火焚毁后，又在第二年（一八九〇年）重建。祈年门和皇乾殿是明嘉靖二十四年（一五四五年）原物。现在祈年门梁下的明代彩画是罕有的历史遗物。

## 颐和园

在中国历史中，城市近郊风景特别好的地方，封建主和贵族豪门等总要独霸或强占，然后再加以人工的经营来做他们的"禁苑"或私园。这些著名的御苑、离宫、名园，都是和劳动人民的血汗和智慧分不开的。他们凿了池或筑了山，建造了亭台楼阁，栽植了树木花草，布置了回廊曲径、桥梁水榭，在许许多多巧妙的经营与加工中，才把那些离宫或名园提到了高度艺术的境地。现在，这些可宝贵的祖国文化遗产，都已回到人民手里了。

北京西郊的颐和园，在著名的圆明园被帝国主义侵略军队毁了以后，是中国四千年封建历史里保存到今天的最后的一个大"御苑"。颐和园周围十三华里，园内有山有湖。倚山临湖的建筑单位大小数百，最有名的长廊，东西就长达一千几百尺，共计二百七十三间。

颐和园的湖、山基础，是经过金、元、明三朝所建设的。清朝规模最大的修建开始于乾隆十五年（一七五〇年），当时本名清漪园，山名万寿，湖名昆明。一八六〇年，清漪园和圆明园同遭英法联军毒辣的破坏。前山和西部大半被毁，只有山巅琉璃砖造的建筑和"铜亭"得免。

前山湖岸全部是光绪十四年（一八八八年）所重建。那时西太后那拉氏专政，为自己做寿，竟挪用了海军造船费来修建，改名颐和园。

颐和园规模宏大，布置错杂，我们可以分成后山、前山、东宫山、南湖和西堤等四大部分来了解它。

第一部后山，是清漪园所遗留下的艺术面貌，精华在万寿山的北坡和坡下的苏州河。东自"赤城霞起"关口起，山势起伏，石路回转，一路在半山经"景福阁"到"智慧海"，再向西到"画中游"。一路沿山下河岸，处处苍松深郁或桃树错落，是初春清明前后游园最好的地方。山下小河（或称后湖）曲折，忽狭忽阔；沿岸摹仿江南风景，故称"苏州街"，河也名"苏州河"。正中北宫门入园后，有大石桥跨苏州河上，向南上坡是"后大庙"

旧址，今称"须弥灵境"。这些地方，今天虽已剥落荒凉，但环境幽静，仍是颐和园最可爱的一部。东边"谐趣园"是仿无锡惠山园的风格，当中荷花池，四周有水殿曲廊，极为别致。西面通到前湖的小苏州河，岸上东有"买卖街"，俨如江南小镇（现已不存）。更西的长堤垂柳和六桥是仿杭州西湖六桥建设的。这些都是摹仿江南山水的一个系统的造园手法。

　　第二部前山湖岸上的布局，主要是排云殿、长廊和石舫。排云殿在南北中轴线上。这一组由临湖一座牌坊起，上到排云殿，再上到佛香阁；倚山建筑，巍然耸起，是前山的重点。佛香阁是八角钻尖顶的多层建筑物，立在高台上，是全山最高的突出点。这一组建筑的左右还有"转轮藏"和"五芳阁"等宗教建筑物。附属于前山部分的还有米山上几处别馆如"景福阁"，"画中游"等。沿湖的长廊和中线呈"丁"字形；西边长廊尽头处，湖岸转北到小苏州河，傍岸处就是著名的"石舫"，名清宴舫。前山着重伟大、堂皇富丽，和清漪园时代重视江南山水的曲折大不相同；前山的安排，是"仙山蓬岛"的格式，略如北海琼华岛，建筑物倚山层层上去，成一中轴线，以高耸的建筑物为结束。湖岸有石栏和游廊。对面湖心有远岛，以桥相通，也如北海团城。只是岛和岸的距离甚大，通到岛上的十七孔长桥，不在中线，而由东堤伸出，成为远景。

　　第三部是东宫门入口后的三大组主要建筑物：一是向东的仁寿殿，它是理事的大殿；二是仁寿殿北边的德和园；内中有正殿、两廊和大戏台；三是乐寿堂；在德和园之西。这是那拉氏居住的地方。堂前向南临水有石台石阶，可以由此上下船。这些建筑拥挤繁复，像城内府第，堵塞了入口，向后山和湖岸的合理路线被建筑物阻挡割裂，今天游园的人，多不知有后山，进仁寿殿或德和园之后，更有迷惑在院落中的感觉，直到出了荣寿堂西门，到了长廊，才豁然开朗，见到前面湖山。这一部分的建筑物为全园布局上的最大弱点。

第四部是南湖洲岛和西堤。岛有五处，最大的是月波楼一组，或称龙王庙，有长桥通东堤。其他小岛非船不能达。西堤由北而南成弧线，分数段，上有六座桥。这些都是湖中的点缀，为北岸的远景。

## 天宁寺塔

北京广安门外的天宁寺塔，是北京城内和郊外的寺塔中完整立着的一个最古的建筑纪念物。这个塔是属于一种特殊的类型：平面作八角形，砖筑实心，外表主要分成高座、单层塔身和上面的多层密檐三部分。座是重叠的两组须弥座，每组中间有一道"束腰"，用"间柱"分成格子，每格中刻一浅龛，中有浮雕，上面用一周砖刻斗拱和栏杆，故极富于装饰性。座以上只有一单层的塔身，托在仰翻的大莲瓣上，塔身四正面有拱门，四斜向有窗，还有浮雕力神像等。塔身以上是十三层密密重叠着的瓦檐。第一层檐以上，各檐中间不露塔身，只见斗拱；檐的宽度每层缩小，逐渐向上递减，使塔的轮廓成缓和的弧线。塔顶的"刹"是佛教的象征物，本有"覆钵"和很多层"相轮"，但天宁寺塔上只有宝顶，不是一个刹，而十三层密檐本身却有了相轮的效果。

这种类型的塔，轮廓甚美，全部稳重而挺拔。层层密檐的支出使檐上的光和檐下的阴影构成一明一暗；重叠而上，和素面塔身起反衬作用，是最引人注意的宜于远望的处理方法。中间塔身略细，约束在檐以下，座以上，特别显得窈窕。座的轮廓也因有伸出和缩紧的部分，更美妙有趣。塔座是塔底部的重点，远望清晰伶俐；近望则见浮雕的花纹、走兽和人物，精致生动，又恰好收到最大的装饰效果。它是砖造建筑艺术中的极可宝贵的处理手法。

分析和比较祖国各时代各类型的塔，我们知道南北朝和隋的木塔的形状，但实物已不存。唐代遗物主要是砖塔，都是多层方塔，如西安的大雁塔和小雁塔。唐代虽有单层密檐塔，但平面为方形，且无须弥座和斗拱，如嵩山的永泰寺塔。中原山东等省以南，山西省以西，五代以后虽有八角塔，而非密檐，且无斗拱，如开封的"铁塔"。在江南，五代两宋虽有八角塔，却是多层塔身的，且塔身虽砖造，每层都用木造斗拱和木檩托檐，如苏州虎丘塔，罗汉院双塔等。检查天宁寺塔每一细节，我们今天可以确凿地断定它是辽代的实物，清代石碑中说它是"隋塔"是错误的。

这种单层密檐的八角塔只见于河北省和东北。最早有年月可考的都属于辽金时代（十一—十三世纪），如房山云居寺南塔北塔，正定青塔，通州塔，辽阳白塔寺塔等。但明清还有这型制的塔，如北京八里庄塔。从它们分布的地域和时代来看，这类型的塔显然是契丹民族（满族祖先的一支）的劳动人民和当时移居辽区的汉族匠工们所合力创造的伟绩，是他们对于祖国建筑传统的一个重大贡献。天宁寺塔经过这九百多年的考验，仍是一座完整而美丽的纪念性建筑，它是今天北京最珍贵的艺术遗产之一。

## 北京近郊的三座"金刚宝座塔"
### ——西直门外五塔寺塔、德胜门外西黄寺塔和香山碧云寺塔

北京西直门外五塔寺的大塔，形式很特殊；它是建立在一个巨大的台子上面，由五座小塔所组成的。佛教术语称这种塔为"金刚宝座塔"。它是摹仿印度佛陀伽蓝的大塔建造的。

金刚宝座塔的图样，是一四一三年（明永乐时代）西番班迪达来中国时带来的。永乐帝朱棣，封班迪达做大国师，建立大正觉寺——即五塔寺——给他住。到了一四七三年（明成化九年）便在寺中仿照了中印度式样，建造了这座金刚宝座塔。清乾隆时代又仿照这个类型，建造了另外两座。一座就是现在德胜门外的西黄寺塔，另一座是香山碧云寺塔。这三座塔虽同属于一个格式，但每座各有很大变化，和中国其他的传统风格结合而成。它们具体地表现出祖国劳动人民灵活运用外来影响的能力，它们有大胆变化、不限制于摹仿的创造精神。在建筑上，这样主动地吸收外国影响和自己民族形式相结合的例子是极值得注意的。同时，介绍北京这三座塔并指出它们的显著的异同，也可以增加游览者对它们的认识和兴趣。

五塔寺在西郊公园北面约二百米。它的大台高五丈，上面立五座密檐的方塔，正中一座高十三层，四角每座高十一层。中塔的正南，阶梯出口的地方有一座两层檐的亭子，上层瓦顶是圆的。大台的最底层是个"须弥座"，

座之上分五层，每层伸出小檐一周，下雕并列的佛龛，龛和龛之间刻菩萨立像。最上层是女儿墙，也就是大台的栏杆。这些上面都有雕刻，所谓"梵花、梵宝、梵字、梵像"。大台的正门有门洞，门内有阶梯藏在台身里，盘旋上去，通到台上。

这塔全部用汉白玉建造，密密地布满雕刻。石里所含铁质经过五百年的氧化，呈现出淡淡的橙黄的颜色，非常温润而美丽。过于繁琐的雕饰本是印度建筑的弱点，中国匠人却创造了自己的适当的处理。他们智慧地结合了祖国的手法特征，努力控制了凹凸深浅的重点。每层利用小檐的伸出和佛龛的深入，做成阴影较强烈的部分，其余全是极浅的浮雕花纹。这样，便纠正了一片杂乱繁缛的感觉。

西黄寺塔，也称做班禅喇嘛净化城塔，建于一七七九年。这座塔的形式和大正觉寺塔一样，也是五座小塔立在一个大台上面。所不同的，在于这五座塔本身的形式。它的中央一塔为西藏式的喇嘛塔（如北海的白塔），而它的四角小塔，却是细高的八角五层的"经幢"；并且在平面上，四小塔的座基突出于大台之外，南面还有一列石阶引至台上。中央塔的各面刻有佛像、草花和凤凰等，雕刻极为细致富丽，四个幢主要一层素面刻经，上面三层刻佛龛与莲瓣。全组呈窈窕玲珑的印象。

碧云寺塔和以上两座又都不同。它的大台共有三层，底下两层是月台，各有台阶上去。最上层做法极像五塔寺塔，刻有数层佛龛，阶梯也藏在台身内。但它上面五座塔之外，南面左右还有两座小喇嘛塔，所以共有七座塔了。

这三处仿中印度式建筑的遗物，都在北京近郊风景区内。同式样的塔，国内只有昆明官渡镇有一座，比五塔寺更早了几年。

## 鼓楼、钟楼和什刹海

北京城在整体布局上，一切都以城中央一条南北中轴线为依据。这条中轴线以永定门为南端起点，经过正阳门、天安门、午门、前三殿、后三殿、神武门、景山、地安门一系列的建筑重点，最北就结束在鼓楼和钟楼那里。北京的钟楼和鼓楼不是东西相对，而是在南北线上，一前、一后的两座高耸的建筑物。北面城墙正中不开城门，所以这条长达八公里的南北中线的北端就终止在钟楼之前。这个伟大气魄的中轴直穿城心的布局是我们祖先杰出的创造。鼓楼面向着广阔的地安门大街，地安门是它南面的"对景"，钟楼峙立在它的北面，这样三座建筑便合成一组庄严的单位，适当地作为这条中轴线的结束。

鼓楼是一座很大的建筑物，第一层雄厚的砖台，开着三个发券的门洞。上面横列五间重檐的木构殿楼，整体轮廓强调了横亘的体型。钟楼在鼓楼后面不远，是座直立耸起、全部砖石造的建筑物；下层高耸的台，每面只有一个发券门洞。台上钟亭也是每面一个发券门。全部使人有浑雄坚实的矗立的印象。钟、鼓两楼在对比中，一横一直，形成了和谐美妙的组合。明朝初年，智慧的建筑工人和当时的"打图样"的师父们就这样朴实、大胆地创造了自己市心的立体标志，充满了中华民族特征的不平凡的风格。

钟、鼓楼西面俯瞰什刹海和后海。这两个"海"是和北京历史分不开的，它们和北海、中海、南海是一个系统的五个湖沼。十二世纪中建造"大都"的时候，北海和中海被划入宫苑，（那时还没有南海）什刹海和后海留在市区内。当时有一条水道由什刹海经现在的北河沿、南河沿、六国饭店出城通到通州，衔接到运河。江南运到的粮食便在什刹海卸货，那里船帆樯杆十分热闹，它的重要性正相同于我们今天的前门车站。到了明朝，水源发生问题，水运只到东郊，什刹海才丧失了作为交通终点的身份。尤其难得的是它外面始终没有围墙把它同城区阻隔，正合乎近代最理想的市区公园的布局。

海的四周本有十座佛寺，因而得到"什刹"的名称。这十座寺早已荒废。满清末年，这里周围是茶楼、酒馆和杂耍场子等。但湖水逐渐淤塞，虽然夏季里香荷一片，而水质污秽、蚊虫孳生已威胁到人民的健康。解放后，人民自己的政府首先疏浚全城水道系统，将什刹海掏深，砌了石岸，使它成为一片清澈的活水，又将西侧小湖改为可容四千人的游泳池。两年来那里已成劳动人民夏天中最喜爱的地点。垂柳倒影，隔岸可遥望钟楼和鼓楼，它已真正地成为首都的风景区。并且这个风景区还正在不断地建设中。

在全市来说，由地安门到钟、鼓楼和什刹海是城北最好的风景区的基础。现在鼓楼上面已是人民的第一文化馆，小海已是游泳池，又紧接北海。这一个美好环境，由钟、鼓楼上远眺更为动人。不但如此，首都的风景区是以湖沼为重点的，水道的连接将成为必要。什刹海若予以发展，将来可能以金水河把它同颐和园的昆明湖连起来。那样，人们将可以在假日里从什刹海坐着小船经由美丽的西郊，直达颐和园了。

## 雍和宫

北京城内东北角的雍和宫，是二百一十几年来北京最大的一座喇嘛寺院。喇嘛教是蒙藏两族所崇奉的宗教，但这所寺院因为建筑的宏丽和佛像雕刻等的壮观，一向都非常著名，所以游览首都的人们，时常来到这里参观。这一组庄严的大建筑群，是过去中国建筑工人以自己传统的建筑结构技术来适应喇嘛教的需要所创造的一种宗教性的建筑类型，就如同中国工人曾以本国的传统方法和民族特征解决过回教的清真寺，或基督教的礼拜堂的需要一样。这寺院的全部是一种符合特殊实际要求的艺术创造，在首都的文物建筑中间，它是不容忽视的一组建筑遗产。

雍和宫曾经是胤禛（清雍正）做王子时的府第。在一七三四年改建为喇嘛寺。

雍和宫的大布局，紧凑而有秩序，全部由南北一条中轴线贯穿着。由最南头的石牌坊起到"琉璃花门"是一条"御道"——也像一个小广场。两旁十几排向南并列的僧房就是喇嘛们的宿舍。由琉璃花门到雍和门是一个前院，这个前院有古槐的幽荫，南部左右两角立着钟楼和鼓楼，北部左右有两座八角的重檐亭子，更北的正中就是雍和门；雍和门规模很大，才经过修缮油饰。由此北进共有三个大庭院，五座主要大殿阁。第一院正中的主要大殿称做雍和宫，它的前面中线上有碑亭一座和一个雕刻精美的铜香炉，两边配殿围绕到它后面一殿的两旁，规模极为宏壮。

全寺最值得注意的建筑物是第二院中的法轮殿，其次便是它后面的万佛楼。它们的格式都是很特殊的。法轮殿主体是七间大殿，但它的前后又各出五间"抱厦"，使平面呈十字形。殿的瓦顶上面突出五个小阁，一个在正脊中间，两个在前坡的左右，两个在后坡的左右。每个小阁的瓦脊中间又立着一座喇嘛塔。由于宗教上的要求，五塔寺金刚座塔的型式很巧妙地这样组织到纯粹中国式的殿堂上面，成了中国建筑中一个特殊例子。

万佛楼在法轮殿后面，是两层重檐的大阁。阁内部中间有一尊五丈多高的弥勒佛大像，穿过三层楼井，佛像头部在最上一层的屋顶底下。据说这个像的全部是由一整块檀香木雕成的。更特殊的是万佛楼的左右另有两座两层的阁，从这两阁的上层用斜廊——所谓飞桥——和大阁相联系。这是敦煌唐朝画中所常见的格式，今天还有这样一座存留着，是很难得的。

雍和宫最北部的绥成殿是七间，左右楼也各是七间，都是两层的楼阁，在我们的最近建设中，我们极需要参考本国传统的楼屋风格，从这一组两层建筑物中，是可以得到许多启示的。


## 故宫


北京的故宫现在是首都的故宫博物院。故宫建筑的本身就是这博物院中最重要的历史文物。它综合形体上的壮丽、工程上的完美和布局上的庄严秩序，成为世界上一组最优异、最辉煌的建筑纪念物。它是我们祖国多少年来劳动人民智慧和勤劳的结晶，它有无比的历史和艺术价值。全宫由"前朝"和"内廷"两大部分组成；四周有城墙围绕，墙下是一周护城河，城四角有角楼，四面各有一门：正南是午门，门楼壮丽称五凤楼；正北称神武门；东西两门称东华门、西华门，全组统称"紫禁城"。隔河遥望红墙、黄瓦、宫阙、角楼的任何一角都是宏伟秀丽，气象万千。

前朝正中的三大殿是宫中前部的重点，阶陛三层，结构崇伟，为建筑造型的杰作。东侧是文华殿，西侧是武英殿，这两组与太和门东西并列，左右衬托，构成三殿前部的格局。

内廷是封建皇帝和他的家族居住和办公的部分。因为是所谓皇帝起居的地方，所以借重了许多严格部署的格局和外表形式上的处理来强调这独夫的"至高无上"。因此，内廷的布局仍是采用左右对称的格式，并且在部署上象征天上星宿等等。例如内廷中间，乾清、坤宁两宫就是象征天地，中间过殿名交泰，就取"天地交泰"之义。乾清宫前面的东西两门名曰精、月华，象征日月。后面御花园中最北一座大殿——钦安殿，内中还供奉着"玄天上帝"的牌位。故宫博物院称这部分作"中路"，它也就是前王殿中轴线的延续，也是全城中轴的一段。

"中路"两旁两条长夹道的东西，各列六个宫，每三个为一路，中间有南北夹道。这十二个宫象征十二星辰。它们后部每面有五个并列的院落，称东五所、西五所，也象征众星拱辰之义。十二宫是内宫眷属"妃嫔""皇子"等的住所和中间的"后三殿"就是紫禁城后半部的核心。现在博物院称东西六宫等为"东殿"和"西殿"，按日轮流开放，西六宫曾经改建，储秀和翊坤两宫之间增建一殿，成了一组。长春和太极之间，也添建一殿，成为一组，格局稍变。东六宫中的延禧，曾参酌西式改建"水晶宫"而未成。

三路之外的建筑是比较不规则的。主要有两种：一种是在中轴两侧，东西两路的南头，十二宫的面的重要前宫殿。西边是养心殿一组，它正在"外朝"和"内廷"之间偏东的位置上，是封建主实际上日常起居的地方。中轴东边与它约略对称的是斋宫和奉先殿。这两组与乾清宫的关系就相等于文华、武英两殿与太和殿的关系。另一类是核心外围规模较十二宫更大的宫。这些宫是建筑给封建主的母后居住的。每组都有前殿、后寝、周围廊子、配殿、宫门等。西边有慈宁、寿康、寿安等宫，其中夹着一组佛教庙宇雨花阁，规模极大，总称为"外西路"。东边的"外东路"只有直串南北、范围巨大的宁寿宫一组。它本是玄烨（康熙）的母亲所居，后来弘历（乾隆）将政权交给儿子，自己退老住在这里曾增修了许多繁缛巧丽的亭园建筑，所以称为"乾隆花园"。它是故宫后部核心以外最特殊也最奢侈的一个建筑组群，且是清代日趋繁琐的宫廷趣味的代表作。

故宫后部虽然"千门万户"，建筑密集，但它们仍是有秩序的布局。中轴之外，东西两侧的建筑物也是以几条南北轴线为依据的。各轴线组成的建筑群以外的街道形成了细长的南北夹道。主要的东一长街和西一长街的南头就是通到外朝的"左内门"和"右内门"，它们是内廷和前朝联系的主要交通线。

除去这些"宫"与"殿"之外，紫禁城内还有许多服务单位如上驷院、御膳房和各种库房及值班守卫之处。但威名显赫的"南书房"和"军机处"

等宰相大臣办公的地方，实际上只是乾清门旁边几间廊庑房舍。军机处还不如上驷院里一排马厩！封建帝王残酷地驱役劳动人民为他建造宫殿，养尊处优，享乐排场无所不至，而即使是对待他的军机大臣也仍如奴隶。这类事实可由故宫的建筑和布局反映出来。紫禁城全部建筑也就是最丰富的历史材料。

# 谈北京的几个
# 文物建筑

林徽因

在历史的记载中，总有一些是不被人们所注意的，北京的文物建筑就是如此。还好林徽因将它们挑选了出来，避免了湮没于世。或许因为这是你热爱的城市，你才能古今纵谈吧。

北京是中国——乃至全世界——文物建筑最多的城市。城中极多的建筑物或是充满了历史意义，或具有高度艺术价值。现在全国人民都热爱自己的首都，而这些文物建筑又是这首都可爱的内容之一，人人对它们有浓厚的兴趣，渴望多认识多了解它们，自是意中的事。

北京的文物建筑实在是太多了，其中许多著名而已为一般人所熟悉的，这里不谈；现在笔者仅就一些著名而比较不受人注意的，和平时不著名而有特殊历史和艺术价值的提出来介绍，以引起人们对首都许多文物更大的兴趣。

还有一个事实值得我们注意的，笔者也要在此附笔告诉大家。那就是：丰富的北京历代文物建筑竟是从来没有经过专家或学术团体做过有系统的全面调查研究；现在北京的文物还如同荒山丛林一样等待我们去开发。关于许许多多文物建筑和园林名胜的历史沿革，实测图说和照片、模型等可靠资料都极端缺乏。

　　在这种调查研究工作还不能有效地展开之前，我们所能知道的北京资料是极端散漫而不足的，笔者不但限于资料，也还限于自己知识的不足，所以所能介绍的文物仅是一鳞半爪，希望抛砖引玉，藉此促进熟悉北京的许多人们将他们所知道的也写出来——大家来互相补充彼此对北京的认识。

## 天安门前广场，和千步廊的制度

　　北京的天安门广场，这个现在中国人民最重要的广场，在前此数百年中，主要只供封建帝王一年一度祭天时出入之用。一九一九年"五四"运动爆发，中国人民革命由这里开始，这才使这广场成了政治斗争中人民集中的地点。到了三十年后的十月一日，中国人民伟大英明的领袖毛泽东主席在天安门城楼上向全世界昭告中华人民共和国的成立，这个广场才成了我们首都最富于意义的地点。天安门已象征着我们中华人民共和国，成为国徽中的主题，在五星下放出照耀全世界的光芒，更是全国人民所热爱的标志，永在人们眼前和心中了。

　　这样人人所熟悉、人人所尊敬热爱的天安门广场本来无须再来介绍，但当我们提到它体型风格这方面和它形成的来历时，还有一些我们可以亲切地谈谈的。我们叙述它的过去，也可以讨论它的将来各种增建修整的方向。

　　这个广场的平面是作"丁"字形的。"丁"字横划中间，北面就是那楼台峙峙规模宏壮的天安门。楼是一横列九开间的大殿，上面是两层檐的黄琉璃瓦顶，檐下丹楹藻绘，这是典型的、秀丽而兼严肃的中国大建筑物的体形。上层瓦坡是用所谓"歇山造"的格式。这就是说它左右两面的瓦坡，上半截用垂直的"悬山"，下半截才用斜坡，和前后的瓦坡在斜脊处汇合。这个做法同太和殿的前后左右四个斜坡的"庑殿顶"，或称"四阿顶"的是不相同的。"庑殿顶"气魄较雄宏，"歇山顶"则较挺秀，姿势错落有致些。天安门楼台本身壮硕高大，朴实无华，中间五洞门，本有金钉朱门，近年来常年洞开，通入宫城内端门的前庭。

广场"丁"字横划的左右两端有两座砖筑的东西长安门。每座有三个券门，所以通常人们称它们为"东西三座门"。这两座建筑物是明初遗物。体型比例甚美，材质也朴实简单。明的遗物中常有纯用砖筑，饰以着色琉璃砖瓦较永远性的建筑物，这两门也就是北京明代文物中极可宝贵的。它们的体型在世界古典建筑中也应有它们的艺术地位。这两门同"丁"字直划末端中华门（也是明建的）鼎足而三，是广场的三个入口，也是天安门的两个掖卫与前哨，形成"丁"字各端头上的重点。

全场周围绕着覆着黄瓦的红墙，铺着白石的板道。此外横亘广场北端的御河上还有五道白石桥和它们上面雕刻的栏杆，桥前有一双白石狮子，一对高达八米的盘龙白石华表。这些很简单的点缀物，便构成了这样一个伟大的地方。全场的配色限制在红色的壁画，黄色的琉璃瓦，带米白色的石刻和沿墙一些树木。这样以纯红、纯黄、纯白的简单的基本颜色来衬托北京蔚蓝的天空，恰恰给人以无可比拟的庄严印象。

中华门以内沿着东西墙，本来有两排长廊，约略同午门前的廊子相似，但长得多。这两排廊子正式的名称叫做"千步廊"，是皇宫前很美丽整肃的一种附属建筑。这两列千步廊在庚子年毁于侵略军队八国联军之手，后来重修的，工程恶劣，已于民国初年拆掉，所以只余现在的两道墙。如果条件成熟，将来我们整理广场东西两面建筑之时，或者还可以恢复千步廊，增建美好的两条长长的画廊，以供人民游息。廊屋内中便可布置有文化教育意义的短期变换的展览。

这所谓的千步廊是怎样产生的呢？谈起来，它的来历与发展是很有意思的。它的确是街市建设一种较晚的格式与制度，起先它是宫城同街市之间的点缀，一种小型的"绿色区"。金、元之后才被统治者拦入皇宫这一边，成为宫前禁地的一部分，而把人民拒于这区域之外。

据我们所知道的汉、唐的两京，长安和洛阳，都没有这千步廊的形制。但是至少在唐末与五代城市中商业性质的市廊却是很发展的。长列廊屋既便于存贮来往货物，前檐又可以遮蔽风雨以便行人，购售的活动便都可以得到方便。商业性质的廊屋的发展是可以理解的，它的普遍应用是由于实际作用而来。至今地名以廊为名而表示商区性质的如南京的估衣廊等等是很多的。实际上以廊为一列店肆的习惯，则在今天各县城中还可以到处看到。

当汴梁（今开封）还不是北宋的首都以前，因为隋开运河，汴河为其中流，汴梁已成了南北东西交通重要的枢纽，为一个商业繁盛的城市。南方的"粮斛百货"都经由运河入汴，可达到洛阳长安。所以是"自江淮达于河洛，舟车辐辏"而被称为雄郡。城的中心本是节度使的郡署，到了五代的梁朝将汴梁改为陪都，才创了宫殿。但这不是我们的要点，汴梁最主要的特点是有四条水道穿城而过，它的上边有许多壮美的桥梁，大的水道汴河上就有十三道桥，其次蔡河上也有十一道，所以那里又产生了所谓"河街桥市"的特殊布局。商业常集中在桥头一带。

上边说的汴州郡署的前门是正对着汴河上一道最大的桥，俗称"州桥"的。它的桥市当然也最大，郡署前街两列的廊子可能就是这种桥市。到北宋以汴梁为国都时，这一段路被称为"御街"，而两边廊屋也就随着被称为御廊，禁止人民使用了。据《东京梦华录》记载：宫门宣德门南面御街阔三百余步，两边是御廊，本许市人买卖其间，自宋徽宗政和年号之后，官司才禁止的。并安立黑漆栅子在它前面，安朱漆栅子两行在路心，中心道不得人马通行。行人都拦在朱栅子以外，栅内有砖石砌御沟水两道，尽植莲荷，近岸植桃李梨杏杂花，"春夏之月望之如绣"。商业性质的市廊变成"御廊"的经过，在这里便都说出来了。由全市环境的方面看来，这样地改变嘈杂商业区域成为一种约略如广场的修整美丽的风景中心，不能不算是一种市政上的改善。且人民还可以在朱栅子外任意行走，所谓御街也还不是完全的禁地。到了元宵灯节，那里更是热闹。成为大家看灯娱乐的地方。宫门宣德楼前的"御街"和"御廊"对着汴河上大洲桥显然是宋东京部署上的一个特色。此后历史上事实证明这样一种壮美的部署被金、元抄袭，用在北京，而由明清保持下来成为定制。

金人是文化水平远比汉族落后的游牧民族，当时以武力攻败北宋懦弱无能的皇室后，金朝的统治者便很快地要摹仿宋朝的文物制度，享受中国劳动人民所累积起来的工艺美术的精华，尤其是在建筑方面。金朝是由一一四九年起开始他们建筑的活动，迁都到了燕京，称为中都，就是今天北京的前身，在宣武门以西越出广安门之地，所谓"按图兴修宫殿"，"规模宏大"，制度"取法汴京"就都是慕北宋的文物，蓄意要接受它的宝贵遗产与传统的具体表现。"千步廊"也就是他们所爱慕的一种建筑传统。

金的中都自内城南面天津桥以北的宣阳门起，到宫门的应天楼，东西各有廊二百余间，中间驰道宏阔，两边植柳。当时南宋的统治者曾不断遣使到"金庭"来，看到金的"规制堂皇，仪卫华整"写下不少深刻的印象。他们虽然曾用优越的口气说金的建筑殿阁崛起不合制度，但也不得不承认这些建筑"工巧无遗力"。其实那一切都是我们民族的优秀劳动人民勤劳的创造，是他们以生命与血汗换来的，真正的工作是由于"役民伕八十万，兵伕四十万"并且是"作治数年，死者不可胜计"的牺牲下做成的。当时美好的建筑都是劳动人民的果实，却被统治者所独占。北宋时代商业性的市廊改为御廊之后，还是市与宫之间的建筑，人民还可以来往其间。到了金朝，特意在宫城前东西各建二百余间，分三节，每节有一门，东向太庙，西向尚书省，北面东西转折又各有廊百余间，这样的规模，已是宫前门禁森严之地，不再是老百姓所能够在其中走动享受的地方了。

到了元的大都记载上正式的说，南门内有千步廊，可七百步，建灵星门，门内二十步许有河，河上建桥三座名周桥。汴梁时的御廊和州桥，这时才固定地称做"千步廊"和"周桥"，成为宫前的一种格式和定制，将它们从人民手中掳夺过去，附属于皇宫方面。

明清两代继续用千步廊作为宫前的附属建筑。不但午门前有千步廊到了端门，端门前东西还有千步廊两节，中间开门，通社稷坛和太庙。当一四一九年将北京城向南展拓，南面城墙由现在长安街一线南移到现在的正阳门一线上，端门之前又有天安门，它的前面才再产生规模更大而开展的两列千步廊到了中华门。这个宫前广庭的气魄更超过了宋东京的御街。

这样规模的形制当然是宫前的一种壮观，但是没有经济条件是建造不起来的，所以终南宋之世，它的首都临安的宫前再没有力量继续这个美丽的传统，而只能以细沙铺成一条御路。而御廊格式反是由金、元两代传至明、清的，且给了"千步廊"这个名称。

我们日后是可能有足够条件和力量来考虑恢复并发展我们传统中所有美好的体型的。广场的两旁也是可以建造很美丽的长廊的。当这种建筑环境不被统治者所独占时，它便是市中最可爱的建筑型类之一，有益于人民的精神生活。正如层塔的峭峻，长廊的周绕也是最代表中国建筑特征的体型。用于各种建筑物之间它是既实用，而又美丽的。

## 团城——古代台的实例

北海琼华岛是今日北京城的基础，在元建都以前那里是金的离宫，而元代将它作为宫城的中心，称做万寿山。北海和中海为太液池。团城是其中既特殊又重要的一部分。

元的皇宫原有三部分，除正中的"大内"外，还有兴圣宫在万寿山之正西，即今北京图书馆一带。兴圣宫之前还有隆福宫。团城在当时称为"瀛洲圆殿"，也叫仪天殿，在池中一个圆坻上。换句话说，它是一个岛，在北海与中海之间。岛的北面一桥通琼华岛（今天仍然如此），东面一桥同当时的"大内"连络，西面是木桥，长四百七十尺，通兴圣宫，中间辟一段，立柱架梁在两条船上才将两端连接起来，所以称吊桥。当皇帝去上都（察哈尔省多伦附近）时，留守官则移舟断桥，以禁往来。明以后这桥已为美丽的石造的金鳌玉蝀桥所代替，而团城东边已与东岸相连，成为今日北海公园门前三座门一带地方。所以团城本是北京城内最特殊、最秀丽的一个地点。现今的委屈地位使人不易感觉到它所曾处过的中心地位。在我们今后改善道路系统时是必须加以注意的。

团城之西，今日的金鳌玉蝀桥是一条美丽的石桥，正对团城，两头各立一牌楼，桥身宽度不大，横跨北海与中海之间，玲珑如画，还保有当时这地方的气氛。但团城以东，北海公园的前门与三座门间，曲折迫隘，必须加宽，给团城更好的布置，才能恢复它周围应有的衬托。到了条件更好的时候，北海公园的前门与围墙，根本可以拆除，团城与琼华岛间的原来关系，将得以更好地呈现出来。过了三座门，转北转东，到了三座门大街的路旁，北面微小庞杂的小店面和南面的筒子河太不相称；转南至北长街北头的路东也有小型房子阻挡风景，尤其没有道理，今后一一都应加以改善。尤其重要的，金鳌玉蝀桥虽美，它是东西城间重要交通孔道之一，桥身宽度不足以适应现代运输工具的需要条件，将来必须在桥南适当地点加一道横堤来担任车辆通行的任务，保留桥本身为行人缓步之用。堤的形式绝不能同桥梁重复，以削弱金鳌玉蝀桥驾凌湖心之感，所以必须低平和河岸略同。将来由桥上俯瞰堤面的"车马如织"，由堤上仰望桥上行人则"有如神仙中人"，也是一种奇景。我相信很多办法都可以考虑周密计划得出来的。

此外，现在团城的格式也值得我们注意。台本是中国古代建筑中极普通的类型。从周文王的灵台和春秋秦汉的许多的台，可以知道它在古代建筑中是常有的一种，而在后代就越来越少了。古代的台大多是封建统治阶级登临游宴的地方，上面多有殿堂廊庑楼阁之类，曹操的铜雀台就是杰出的一例。据作者所知，现今团城已是这种建筑遗制的唯一实例，故极为珍贵。现在上面的承光殿代替了元朝的仪天殿，是一六九〇年所重建。殿内著名的玉佛也是清代的雕刻。殿前大玉瓮则是元世祖忽必烈"特诏雕造"，本是琼华岛上广寒殿的"寿山大玉海"，殿毁后失而复得，才移此安置。这个小台是同琼华岛上的大台遥遥相对。它们的关系是很密切的，所以在下文中我们还要将琼华岛一起谈到的。

## 北海琼华岛白塔的前身

北海的白塔是北京最挺秀的突出点之一，为人人所常能望见的。这塔的式样属于西藏化的印度窣堵坡。元以后北方多建造这种式样。我们现在要谈的重点不是塔而是它的富于历史意义的地址。它同奠定北京城址的关系最大。

本来琼华岛上是一高台，上面建着大殿，还是一种古代台的形制。相传是辽萧太后所居，称"妆台"。换句话说，就是在辽的时代还保持着唐的传统。金朝将就这个卓越的基础和北海中海的天然湖沼风景，在此建筑有名的离宫——大宁宫。元世祖攻入燕京时破坏城区，而注意到这个美丽的地方，便住这里大台之上的殿中。

到了元筑大都，便是依据这个宫苑为核心而设计的。就是上文中所已经谈到的那鼎足而立的三个宫；所谓"大内"兴圣宫和隆福宫，以北海中海的湖沼（称太液池）做这三处的中心，而又以大内为全个都城的核心。忽必烈不久就命令重建岛上大殿，名为广寒殿。上面绿荫清泉，为避暑胜地。马可·波罗（意大利人）在那时到了中国，得以见到，在他的游记中曾详尽地叙述这清幽伟丽奇异的宫苑台殿，说有各处移植的奇树，殿亦作翠绿色，夏日一片清凉。

明灭元之后，曾都南京，命大臣来到北京毁元旧都。有萧洵其人随着这个"破坏使团"而来，他遍查元故宫，心里不免爱惜这样美丽的建筑精华，要遭到无情的破坏，所以一切他都记在他所著的元故宫遗录中。

据另一记载（《日下旧闻考》引《太岳集》）明成祖曾命勿毁广寒殿。到了万历七年（一五七九）五月"忽自倾圮，梁上有至元通宝的金钱等"。其实那时据说瓦甓已坏，只存梁架，木料早已腐朽，危在旦夕，当然容易忽自倾圮了。

现在的白塔是清初一六五一年——即广寒殿倾圮后七十三年，在殿的旧址上建立的。距今又整整三百年了。知道了这一些发展过程，当我们遥望白塔在朝阳夕照之中时，心中也有了中国悠久历史的丰富感觉，更珍视各朝代中人民血汗所造成的种种成绩。所不同的是当时都是被帝王所占有的奢侈建设，当他们对它厌倦时又任其毁去，而从今以后，一切美好的艺术果实就都属于人民自己，而我们必尽我们的力量，永远加以保护。

（四）

市井·市井欢闹人世悠

# 隆福寺

[清]唐晏

隆福寺，坐落于北京东城，与西城的护国寺相对应，故而人们常称它为"东庙"。该寺始建于明代，清雍正时期进行整修。不仅规模宏大、法相庄严，而且每逢庙期，人流攒动，甚是热闹。

隆福寺在四牌楼北隆福寺胡同。月逢九、十日，庙市。门殿五重，正殿石栏犹南内翔凤殿中物，今则日供市人之摸抚，游女之依凭。且百货支棚，绳索午贯胥于是乎，在斯栏亦不幸而寿矣。

庙寺之物，昔为诸市之最，今皆寻常日用，无复珍奇。余少时游之，尚多旧书，古拓字画亦夥，价值不昂，今不复见。惟市左右唐花局中日新月异。旧止春之海棠、迎春、碧桃；夏之荷、榴、夹竹桃；秋之菊；冬之牡丹、水仙、香橼、佛手、梅花之属；南花则山茶、腊梅亦属寥寥。近则玉兰、杜鹃、天竹、虎刺、金丝桃、绣球、紫薇、芙蓉、枇杷、红蕉、佛桑、茉莉、夜来香、珠兰、建兰到处皆是，且各洋花名目尤繁，此亦地气为之乎。

此外，西城之护国寺，外城之土地庙，与此略等。而士大夫所尤好尚者，菊也。往往家自有种，分畦养之，名目多至三百多种。每出一新种，索价数金，好事者争以先得为快。其精者，于茁苗之始，即能指名何种，栽接家不敢相欺。购秧自养，至秋深，更胜于栽接家。故登巨室之堂，入幽人之宅，所见无非花者。春明士夫风趣，此为首称。

# 琉璃厂店

［清］潘荣陛

琉璃厂，是一条特别具有北京味的文化街，全长约 800 米。元代，曾在这里设立官窑，专烧琉璃瓦。明代，因城区扩建，琉璃厂被外迁，但"琉璃厂"三字却被保留了下来，流传至今。

琉璃厂在正阳门外之西。厂制东三门，西一门，街长里许，中有石桥。桥西北为公廨。东北楼门上为瞻云阁，即厂之正门也。厂内官署、作房、神祠之外，地基宏敞，树林茂密，浓阴万态，烟水一泓。度石梁而西，有土阜高数十仞，可以登临眺远。门外隙地，博戏聚焉。每于新正元旦至十六日，百货云集，灯屏琉璃，万盏棚悬，玉轴牙签，千门联络，图书充栋，宝玩填街。更有秦楼楚馆遍笙歌，宝马香车游士女。此外游览之地，如内城驯象所看象舞，自鸣钟听韶乐，曹公观演教势，白塔寺打秋千者，不一而足。至若皇城内，兔儿山，大光明殿，刘元塑元都圣境，金鳌玉蝀桥头，南望万善殿，北望五龙亭，承光殿下，昭景门东，睹宫阙之巍峨，见楼台之隐约，如登海外三山矣。

驴打滚、苏造肉、粳米粥、艾窝窝、扒糕、白水羊头、豆汁、酸梅汤、豆渣儿糕、江米藕……一座城市一地美食，热气缭绕，俘虏每一个人的肠胃。而这是北京的味道。

驴打滚：红糖水馅巧安排，黄面成团豆里埋。何事群呼"驴打滚"，称名未免近诙谐。

注：黄豆黏米，蒸熟，裹以红糖水馅，滚于炒豆面中，置盘上售之，取名"驴打滚"，真不可思议之称也。

苏造肉：苏造肥鲜饱志馋，火烧汤渍肉来嵌。纵然饕餮人称腻，一斋膏油已满衫。

注：苏造肉者，以长条肥肉，酱汁炖之极烂，其味极厚，并将火烧同煮锅中，买者多以肉嵌火烧内食之。

粳米粥：粥称粳米趁清晨，烧饼麻花色色新。一碗果然能果腹，怎如厂里沐慈仁。

艾窝窝：白粉江米入蒸锅，什锦馅儿粉面挫。浑似汤圆不待煮，清真唤作爱窝窝。

134

注：艾窝窝，回人所售食品之一，以蒸透极烂之江米，待冷裹以各式之馅，用面粉团成圆形，大小不一，视价而异，可以冷食。

扒糕：色恶于今属扒糕，拖泥带水一团糟。嗜痂有癖浑难解，醋蒜熏人辣欲号。

注：热天之扒糕，用荞麦面蒸成饼式，浸凉水中，食者以刀割成小条，拌醋、蒜、酱油等食之。色灰黑，见之欲呕，色恶不食，于扒糕吾云亦然。

白水羊头：十月燕京冷朔风，羊头上市味无穷。盐花洒得如雪飞，薄薄切成与纸同。

注：冬季有售羊头者，白水煮羊头，切成极薄之片，洒以盐花，味颇适口。

爆肚：入汤顷刻便微温，佐料齐全酒一樽。齿钝未能都嚼烂，囫囵下咽果生吞。

注：以小方块之生羊肚，入汤锅中，顷刻取出，谓之汤爆肚，以酱油、葱、醋、麻酱汁等蘸而食之。肚既未经煮熟，自成极脆之品，食之者，无法嚼烂，只整吞而已。

豆汁：糟粕居然可作粥，老浆风味论稀稠。无分男女齐来坐，适口酸盐各一瓯。

注：豆汁，即绿豆粉也，其色灰绿，其味苦酸。分生熟两种，熟者挑担沿街叫卖，佐咸菜食之，得味在酸咸之外，食者自知，可谓精妙绝伦。

炒肝：稠浓汁里煮肥肠，交易公平论块尝。谚语流传猪八戒，一声过市炒肝香。

注：炒肝以猪之小肠切成段，团粉窝汁烩之。昔年每文一块，近来则恐非一铜元一块不能买矣。名为炒肝，实则烩猪肠耳，既无肝，更无用炒也（间有肝者，亦非炒过者）。京谚有"猪八戒吃炒肝，自残骨肉"之语，故诗中云云。炒肝香三字，则卖者之吆喝声也。

猪头肉：猪头不叫叫熏鱼，巧手切来片如纸。夹得火烧堪大嚼，夕阳红柜走街衢。

注：有卖猪头肉者，煮而熏之，兼有熏鱼，实非主品，而叫卖者，每于夕阳时，身负红柜，偏喊"熏鱼"而不以猪头肉称。切时肉薄如纸，多夹其所带卖之火烧中食之。

酸梅汤：梅汤冰镇味酸甜，凉沁心脾六月寒。挥汗炙天难得此，一闻铜盏热中宽。

豆渣儿糕：豆渣儿糕价值廉，盘中个个比鹅鹅。温凉随意凭君择，洒得白糖分外甜。

豌豆黄：从来事情有燕京，豌豆黄儿久著名。红枣都嵌金悄里，十文一快买黄琼。

江米藕：江米都填藕空中，新蒸叫卖巷西东。切成片片珠嵌玉，甜烂相宜叟与童。

注：江米藕者，以江米入藕孔中，蒸烂后，沿街叫卖。切成小片，蘸白糖而食之。售此者，多清真教人。

牛奶酪：鲜新美味属燕都，敢与佳人赛雪肤。饮罢相如烦渴解，芒生齿颊润于酥。

杏仁茶：清晨市肆闹喧哗，润肺生津味亦赊。一碗凉浆真适口，香甜莫比杏仁茶。

果子干：杏干柿饼镇坚冰，藕片切来又一层。劝尔多添三两碗，保君腹泻厕频登。

# 年味儿忆燕都

张恨水

偌大的北京，是十分有包容性的，每一个异乡人在这里都不曾被轻慢。在北京过春节，于作者而言，尤其有味儿。蜜供是这里十分流行的年节糕点。因蘸有蜜糖，又是供品，便唤为"蜜供"。

　　旧历年快到了，让人想起燕都的过年风味，悠然神往。我上次曾说过，北平令人留恋之处，就在那壮丽的建筑，和那历史悠久的安逸习惯。西人一年的趣味中心在圣诞，中国人的一年趣味中心，却在过年。而北平人士之过年，尤其有味儿。有钱的主儿，自然有各种办法，而穷人买他一二斤羊肉，包上一顿白菜馅饺子，全家闹他一个饱，也可以把忧愁丢开，至少快活二十四小时。人生这样子过去是对的，我就乐意永远在北平过年了。

　　我先提一件事，以见北平人过年趣味之浓。远在阴历七八月，小住家儿的就开始打蜜供了。蜜供是一种油炸白面条，外涂蜜糖的食物。这糖面条儿堆架起来，像一座宝塔，塔顶上插上一面小红纸旗儿。塔有大有小，大的高二三尺，小的高六七寸，重由二三斤到几两。到了大年三十夜，看人家的经济情形怎样。在祖先佛爷供桌上，或供五尊，或供三尊，在蜜供上加一个打字云者，乃打会转出来的名词。就是有专门做这生意的小贩，

138

在七八月间起，向小住家儿的，按月份收定钱，到年终拿满价额交货。这么一点小事交秋就注意，可见他们年味之浓了。因此，一跨进十二月的门，廊房头条的绢灯铺，花儿市扎年花儿的，开始悬出他们的货。天津杨柳青出品的年画儿，也就有人整大批地运到北平来。假如大街上哪里有一堵空墙，或者有一段空走廊，卖年画儿的，就在哪里开着画展。东西南城的各处庙会，每到会期也更加热闹。由城市里人需要的东西，到市郊乡下的需要的东西，全换了个样儿，全换着与过年有关的。由腊八吃腊八粥起，以小市民的趣味，就完全寄托在过年上。日子越近年，街上的年景也越浓厚。十五以后，全市纸张店里，悬出了红纸桃符，写春联的落拓文人，也在避风的街檐下，摆出了写字摊子。送灶的关东糖瓜大筐子陈列出来，跟着干果子铺、糕饼铺，在玻璃门里大篮小篓陈列上中下三等的杂拌儿。打糖锣儿的，来得更起劲儿。他的担子上，换了适合小孩子抢着过年的口味，冲天子儿、炮打灯、麻雷子、空竹、花刀花枪，挑着四处串胡同。小孩儿一听锣声，便包围了那担子。所以无论在新来或久住的人，只要在街上一转，就会觉得年又快过完了。

北平是容纳着任何一省籍贯人民的都市。真正的宛平、大兴两县人，那百分比是微小得可怜的。但这些市民，在北平只要住上三年，就会传染了许多迎时过节的嗜好，而且越久传染越深。我在北平约莫过了十六七个年，因之尽管忧患余生，冲淡不了我对北平年味儿的回忆。自然，现在的北平小市民，已不能有百分之几的年味儿存在，而这也就越让我回忆着了。

# 市声拾趣

张恨水

北京被各种声音充斥着，其中吆喝声是一大特色。胡同深巷里，吆喝声阵阵传来，朴实无华却宛若天籁。这种种的吆喝声，成了北京的"市声"，时时刻刻触动和温暖着这里的每一个人的耳膜和内心。

我也走过不少的南北码头，所听到的小贩吆唤声，没有任何一地能赛过北平的。北平小贩的吆唤声，复杂而谐和，无论其是昼是夜，是寒是暑，都能给予听者一种深刻的印象，虽然这里面有部分是极简单的，如"羊头肉""肥卤鸡"之类。可是他们能在声调上，助字句之不足。至于字句多的，那一份优美，就举不胜举，有的简直是一首歌谣，例如夏天卖冰酪的，他在胡同的绿槐荫下，歇着红木漆的担子，手扶了扁担，吆唤着道："冰激凌，雪花酪，桂花糖，搁得多，又甜又凉又解渴。"这就让人听着感到趣味了。又像秋冬卖大花生的，他喊着："落花生，香来个脆啦，芝麻酱的味儿啦。"这就含有一种幽默感了。

也许是我们有点儿主观，我们在北平住久了的人，总觉得北平小贩的吆唤声，很能和环境适合，情调非常之美。如现在是冬天，我们就说冬季了。当早上的时候，黄黄的太阳，穿过院树落叶的枯条，晒在人家的粉墙上，胡同的犄角儿上，兀自堆着大大小小的残雪。这里很少行人，两三个小学生背着书包上学，于是有辆平头车子，推着一个木火桶，上面烤了大大小小二三十个白薯，歇在胡同中间。小贩穿了件老羊毛背心儿，腰上系了条板带，两手插在背心里，喷着两条如云的白气，站在车把里叫道："噢……热啦……烤白薯啦……又甜又粉，栗子味儿。"当你早上在大门外一站，感到又冷又饿的时候，你就会因这种引诱，要买他几大枚白薯吃。

在北平住家儿稍久的人，都有这么一种感觉，卖硬面饽饽的人极为可怜，因为他总是在深夜里出来的。当那万籁俱寂、漫天风雪的时候，屋子外的寒气，像尖刀那般割人。这位小贩，却在胡同遥远的深处，发出那漫长的声音："硬面……饽饽哟……"我们在温暖的屋子里，听了这声音，觉得既凄凉，又惨厉，像深夜钟声那样动人，你不能不对穷苦者给予一个充分的同情。

其实，市声的大部分，都是给人一种喜悦的，不然，它也就不能吸引人了。例如，炎夏日子，卖甜瓜的，他这样一串的吆唤着："哦！吃啦，甜来一个脆，又香又凉冰激凌的味儿。吃啦，嫩藕似的苹果青脆甜瓜啦！"在碧槐高处一蝉吟的当儿，这吆唤是够刺激人的。因此，市声刺激，北平人是有着趣味的存在，小孩子就喜欢学，甚至借此凑出许多趣话。例如卖馄饨的，他吆喝着第一句是"馄饨开锅"。声音洪亮，极像大花脸唱倒板，于是他们就用纯土音编了一篇戏词来唱："馄饨开锅……自己称面自己和，自己剁馅自己包，虾米香菜又白饶。吆唤了半天，一个子儿没卖着，没留神丢了我两把勺。"因此，也可以想到北平人对于小贩吆唤声的趣味之浓了。

# 归路横星斗

张恨水

在这寒风凛冽的夜里，琉璃厂大街上，很多店铺并没有打烊。苍老的吆喝声、蒸腾的热气弥漫在这寂静的街道里。满天星斗亮起，像一个一个的灯，指引人们从容而归。

"悄立市桥人不识，一星如月看多时。"黄仲则在北京度他那可怜的除夕，他用着这个姿态出现。在那寒风凛冽的桥上看星星过年，这不是个乐子。可是在初秋的夜里，我依然感到在北平看星星，还是件很有诗意的事。任何一个初秋，在前门外大街，听过了两三个小时的京戏，满街灯火，朋友约着，就在大栅栏附近，吃个小馆儿。馅饼周的馅饼，全聚德的烤鸭，山西馆的猫耳朵（面食之一），正阳楼的螃蟹，厚德福的核桃腰、瓦片鱼，恩成居的炒牛肉丝、炒鳝鱼丝，都会打动你的食欲。两三个人，花两三元钱，上西升平洗个单独房间的澡。我就爱顺便走向琉璃厂，买两本书或者采办点儿文具。

琉璃厂依然保持了纯东方色彩的建筑，不怎么高大的店房，夹着一条平整的路。街灯稀稀落落，照着街上有点儿光。可是抬起头来，满天的星斗，盖住了市面，电灯并不碍星光的夜景，两面的南纸店、书店、墨盒店、古董店一律上了玻璃门，里面透出灯光来，表示他们还在做夜市。街上从容地走着人，没有前门外那些嘈杂的声浪，静悄悄的，平稳稳的，一阵不大的西风刮过，由店铺人家院子里吹来几片半焦枯的槐叶。这夜市不可爱吗？有个朋友说：在北平，单指琉璃厂，就是个搜刮不尽的艺术宝库，此话诚然。而妙在这艺术的宝库就是这样肃穆的。这里尽管做买卖，尽管做极大价钱的买卖，而你找不出市侩斗争的面目，所以我爱上琉璃厂买东西。掀开南纸玻璃门外的蓝布帘儿，在店伙说"您来了，今天要点儿什么？"的欢迎笑语中，买点儿纸笔出门，夜色就深了。"酱牛肉！"一种苍老的声音吆唤传来。这是琉璃厂夜市唯一的老小贩的声音。他几十岁了，原是一位绿林老英雄，洗手不干三四十年，专卖酱牛肉，全琉璃厂的人认得他。我每次夜过琉璃厂，我总听见这吆唤声，给我的印象最深。在他的吆唤声中，更夫们过来了，剥剥，彭彭；剥剥，彭彭！梆锣响着二更。一只灯笼，两个人影，由街檐下溜进小胡同去，由此向西，到了和平门大街了，路更宽，路灯也更稀落，而满天的星斗，却更明亮。路旁两三棵老柳树，树叶筛着西风，瑟瑟有声。"酱牛肉！"那苍老的声音，还自遥遥而来。我不坐车，我常是在星光下转着土面的冷静胡同走回家去。星光下两棵高入云霄的老槐，黑巍巍的影子，它告诉我那是家。我念此老人，我念此愧树，我念那满天星斗！

# 奇趣乃时有

张恨水

阴历七月十五是中国的传统节日——中元节。一盏盏莲花灯，亮的热闹。这一夜，人们用漂浮的火划破黑暗，似在指引什么。没有叮嘱，没有协定，到了第二日，莲灯熄灭，一切又恢复如常。

"莲花灯，莲花灯，今儿个点了明儿个扔。"在阴历七月十五的这一天，在北平大小胡同里，随处可以听到儿童们这样唱着。这里，我们就可以谈谈莲花灯。

莲花灯，并不是一盏莲花式样的灯，但也脱离不了莲花。它是将彩纸剪成莲花瓣，再用这莲花瓣，糊成各种灯，大概是兔子、鱼、仙鹤、螃蟹之类。这个风俗，不知所由来，我相信这是最初和尚开盂兰会闹的花样，后来流传到了民间。在七月初，庙会和市场里就有这种纸灯挂出来卖，小孩买了放着。到了七月十五，天一黑，就点上蜡烛亮着。撑起来向胡同里跑，小朋友们不期而会，总是一大群唱着。人类总是不平等的，这成群的小朋友里，买不起莲花灯的，还有得是。他们有个聊以解嘲的办法，找一片鲜荷叶，上面胡乱插上两根佛香，也追随在玩灯的小朋友之后。这一晚，足可以"起哄"两三小时。但到七月十六，小孩子就不再玩了。家长并没有叮嘱过他们，他们的灯友，也没有什么君子协定，可是到了次日，都要扔掉。

北平社会的趣味，就在这里，什么日子，有个什么应景的玩意儿，过时不候。若莲花灯能玩个十天半个月，那就平凡了。

为了北平人的"老三点儿"，吃一点儿，喝一点儿，乐一点儿，就无往不造成趣味，趣味里面就带有一种艺术性，北平之使人留恋就在这里。于是我回忆到南都，虽说是卖菜佣都带有六朝烟水气，其实现在已寻不着了。纵然有一点儿，海上来的欧化气味，也把这风韵吞噬了，而况这六朝烟水气还完全是病态的。就说七月十五烧包袱祭祖，这已不甚有趣味，而城北新住宅区，就很少见。秦淮河里放河灯，未建都以前，照例有一次，而以后也已废除，倒是东西门的老南京，依然还借了祭祖这个机会，晚餐可以饱啖一顿。二十五年的中元节，有人约我向南城去吃祭祖饭，走到夫子庙，兴尽了，我没去。这晚月亮很好，被两三个朋友拖住，驾一叶之扁舟，溯河东上（秦淮西流），直把闹市走尽，在一老河柳的荫下，把船停着。雪白的月亮，照着南岸十竹疏林，间杂些瓜棚菜圃，离开了歌舞场，离开了酒肆茶楼，离开了电化世界，倒觉耳目一新。从前是"蒋山青，秦淮碧"于今是秦淮黑，但到这里水纵然不碧，却也不黑，更不会臭。水波不兴的上流头，漂来很零落的几盏红绿荷叶灯，似乎前面有人家作佛事将完。但眼看四处无人，虫声唧唧，芦丛柳荫之间，仿佛有点儿鬼趣，引出我心里一种说不出的滋味。

第二年的中元节，我避居上新河，乡下人烧纸，大家全怕来了警报，不免各捏一把汗。又想起前一年孤舟之游秦淮，是人间天上了。于今呢，却又让我回忆着上新河！

# 听鸦叹夕阳

张恨水

故宫，坐落于北京中轴线的中心，明清两代
的皇家宫殿。象征着死亡的乌鸦，绕着古旧
的宫墙飞翔，那夕阳在它们一声声的嘶叫下，
显得更加悲哀。

北平的故宫，三海和几个公园，以伟大壮丽的建筑，配合了环境，都
是全世界上让人陶醉的地方。不用多说，就是故宫前后那些老鸦，也充分
带着诗情画意。

在秋深的日子，经过金鳌玉蝀桥，看看中南海和北海的宫殿，半隐半
显在苍绿的古树中。那北海的琼岛，簇拥了古槐和古柏，其中的黄色琉璃瓦，
被偏西的太阳斜照着，闪出一道金光。印度式的白塔，伸入半空，四周围
了杈丫的老树干，像怒龙伸爪。这就有千百成群的乌鸦，掠过故宫，掠过
湖水，掠过树林，纷纷飞到这琼岛的老树上来。远看是黑纷腾腾，近听是
呱呱乱叫，不由你不对了这些东西，发生了怀古之幽情。

若照中国词章家的说法，这乌鸦叫着宫鸦的。很奇怪，当风清日丽的
时候，它们不知何往？必须到太阳下山，它们才会到这里来吵闹。若是阴
云密布，寒风瑟瑟，便终日在故宫各个高大的老树林里，飞着又叫着。是

不是它们最喜欢这阴暗的天气？我们不得而知。也许它们讨厌这阴暗天气，而不断地向人们控诉。我总觉得，在这样的天气下，看到哀鸦乱飞，颇有些古今治乱盛衰之感。真不知道当年出离此深宫的帝后，对于这阴暗黄昏的鸦群做何感想？也许全然无动于衷。

北平深秋的太阳，不免带几分病态。若是夕阳西下，它那金紫色的光线，穿过寂无人声的宫殿，照着红墙绿瓦也好，照着这绿的老树林也好，照着飘零几片残荷的湖淡水也好，它的体态是萧疏的。宫鸦在这里，背着带病色的太阳，三三五五，飞来飞去，便是一个不懂画的人，对了这景象，也会觉得衰败的象征。

一个生命力强的人，自不爱欣赏这病态美。不过在故宫前，看到夕阳，听到鸦声，却会发生一种反省，这反省的印象给予人是有益的。所以当每次经过故宫前后，我都会有种荆棘铜驼的感慨。

# 黄花梦旧庐

张恨水

这是属于冬日里的珍馐。几口菊花锅子落在舌尖，味蕾在这一刻被激醒。满目菊花，入侵着作者身心的每一个角落。越吃越想，越想越念，欲归那北平昔日旧庐。

晚上做了一个梦，梦见七八个朋友，围了一个圆桌面，吃菊花锅子。正吃得起劲儿，不知为一种什么声音所惊醒。睁开眼来，桌上青油灯的光焰，像一颗黄豆，屋子里只有些模糊的影子。窗外的茅草屋檐，正被西北风吹得沙沙有声。竹片夹壁下，泥土也有点窸窣作响，似乎耗子在活动。这个山谷里，什么更大一点儿的声音都没有，宇宙像死过去了。几秒钟的工夫，我在两个世界里。我在枕上回忆梦境，越想越有味儿。我很想再把那顿没有吃完的菊花锅子给它吃完。然而不能，清醒白醒的，睁了两眼，望着木窗子上格纸上变了鱼肚色。为什么这样可玩味，我得先介绍菊花锅子。这也就是南方所说的什锦火锅。不过在北平，却在许多食料之外，装两大盘菊花瓣子送到桌上来。这菊花一定要是白的，一定要是蟹爪瓣。在红火炉边，端上这么两碟东西，那情调是很好的。要说味儿，菊花是不会有什么味儿的，吃的人就是取它这点儿情调。自然，多少也有点儿香气。

那么不过如此了，我又何以对梦境那样留恋呢？这就由菊花锅想菊花，由菊花想到我的北平旧庐。我在北平，东西南北城都住过，而我择居，却有两个必须的条件：一，必须是有树木的大院子，还附着几个小院子；第二，必须有自来水。后者，为了是我爱喝好茶；前者，就为了我喜欢栽花。我虽一年四季都玩花，而秋季里玩菊花，却是我一年趣味的中心。除了自己培秧，自己接种，而到了菊花季，我还大批的收进现货。这也不但是我，大概在北平有一碗粗茶淡饭吃的人，都不免在菊花季买两盆"足朵儿的"小盆，在屋子里陈设着。便是小住家儿的老妈妈，在门口和街坊聊天，看到胡同里的卖花儿的担子来了，也花这么十来枚大铜子儿，买两丛贱品，回去用瓦盆子栽在屋檐下。

北平有一群人，专门养菊花，像集邮票似的，有国际性，除了国内南北养菊花互通声气而外，还可以和日本养菊家互换种子，以菊花照片做样品函商。我虽未达到这一境界，已相去不远，所以我在北平，也不难得些名种。所以每到菊花季，我一定把书房几间房子，高低上下，用各种盆子，陈列百十盆上品。有的一朵，有的二朵，至多是三朵，我必须调整得它可以"上画"。在菊花旁边，我用其他的秋花、小金鱼缸、南瓜、石头、蒲草、水果盘、假古董（我玩不起真的），甚至一个大芜菁，去做陪衬，随了它的姿态和颜色，使它形式调和。到了晚上，亮着足光电灯，把那花影照在壁上，我可以得着许多幅好画。屋外走廊上，那不用提，至少有两座菊花台（北平寒冷，菊花盛开时，院子里已不能摆了）。

我常常招待朋友，在菊花丛中，喝一壶清茶谈天。有时，也来二两白干，闹个菊花锅子，这吃的花瓣，就是我自己培养的。若逢到下过一场浓霜，隔着玻璃窗，看那院子里满地铺了槐叶，太阳将枯树影子，映在窗纱上，心中干净而轻松，一杯在手，群芳四绕，这情调是太好了，你别以为我奢侈，一笔所耗于菊者，不超过二百元也。写到这里，望着山窗下水盂里一朵断茎"杨妃带醉"，我有点黯然。

# 影树月成图

张恨水

葡萄藤、老槐树，四合院里的一草一木，除了枯荣，始终未变。狭窄的街道里，油盐杂货店依旧没有被拆除，开了许久。走街串巷的吆喝声，掷地有声，声声入耳。你看，所有有趣的京味儿，统统都被留在了北京胡同里。

北平是以人为的建筑，与悠久的时间的习尚，成了一个令人留恋的都市。所以居北平越久的人，越不忍离开，更进一步言之，你所住久的那一所住宅，一条胡同，你非有更好的，或出于万不得已，你也不会离开。那为什么？就为着家里的一草一木，胡同里一家油盐杂货店，或一个按时走过门口的叫卖小贩，都和你的生活打成了一片。

我在北平住的三处房子，第一期，未英胡同三十号门，以旷达胜。前后五个大院子，最大的后院可以踢足球。中院是我的书房，三间小小的北屋子，像一只大船，面临着一个长五丈、宽三丈的院落，院里并无其他庭树，只有一棵二百岁高龄的老槐，绿树成荫时，把我的邻居都罩在下面。第二期是大栅栏十二号，以曲折胜。前后左右，大小七个院子，进大门第一院，有两棵五六十岁的老槐，向南是跨院，住着我上大学的弟弟，向北进一座绿屏门，是正院，是我的家，不去说它。向东穿过一个短廊，走进一个小门，

151

路斜着向北，有个不等边三角形的院子，有两棵老龄枣树，一棵樱桃，一棵紫丁香，就是我的客室。客室东角，是我的书房，书房像游览车厢，东边是我手辟的花圃，长方形有紫藤架，有丁香，有山桃。向西也是个长院，有葡萄架，有两棵小柳，有一丛毛竹，毛竹却是靠了客室的后墙，算由东折而转西了，对了竹子是一排雕格窗户，两间屋子，一间是我的书库，一间是我的卧室。再向东，穿进一道月亮门，却又回到了我的家。卧室后面，还有个大院子，一棵大的红刺果树与半亩青苔。我依此路线引朋友到我工作室来，我们常会迷了方向。第三期是大方家胡同十二号，以壮丽胜。系原国子监某状元公府第的一部分，说不尽的雕梁画栋，自来水龙头就有三个。单是正院四方走廊，就可以盖重庆房子十间，我一个人曾拥有书房客室五间之多。可惜树木荒芜了，未及我亲自栽种添补，华北已无法住下去。你猜这租金是多少钱？未英胡同是月租三十元，大栅栏是四十元，大方家胡同也是四十元，这自不能与今日重庆房子比，就是与同时的上海房子比，也只好租法界有卫生设备的一个楼面，与同时的南京房子比，也只好租城北两楼两底的弄堂式洋楼一小幢。住家，我实在爱北平。让我回忆第一期吧。这日子，老槐已落尽了叶子，权丫的树杆布满了长枯枝，石榴花、金鱼缸以及大小盆景，都避寒入了房子，四周的白粉短墙，和地面刚铺的新砖地，一片白色，北方的雪，下了第一场雪。二更以后，大半边月亮，像眼镜一样高悬碧空。风是没有起了，雪地也没有讨厌的灰尘，整个院落是清寒、空洞、干净、洁白。最好还是那大树的影子，淡淡的，轻轻的，在雪地构成了各种图案画。屋子里，煤炉子里正生着火，满室生春，案上的菊花和秋海棠依然欣欣向荣。胡同里卖硬面饽饽的，卖半空儿多给的，刚刚呼唤过去，万籁无声。于是我熄了电灯，隔着大玻璃窗，观赏着院子里的雪和月，真够人玩味。住家，我实在爱北平！

# 风檐尝烤肉

张恨水

这些浮摊挨个儿停泊在路边，简单却很热诚。没有招牌招徕，全靠气味吸引。路人挨挨挤挤，围坐一桌，发出的每一个声响、弥漫的每一股热气都包含了对这美味的喜爱。纵然互不相识，也别有一番趣味。

有人吃过北平的松柴烤肉吗？现在街头上橙黄橘绿，菊花摊子四处摆着，尝过这异味的人，就会对北平悠然神往。

据传说，松柴烤牛肉，那才是真正的北方大陆风味，吃这种东西，不但是尝那个味儿，还要领略那个意境。你是个士大夫阶级，当然你无法去领略。就是我在北平作客的二十年，也是最后几年，变了方法去尝的，真正吃烤肉的功架，我也是"仆病未能"。那么，是怎么个景儿呢？说出来你会好笑的。

任何一条马路上，有极宽的人行路，这路总在一丈开外，在不妨碍行人的屋檐下，有些地方，是可以摆着浮摊的。这卖烤牛肉的炉灶，就是放置在这种地方。无论这炉灶属于大馆子、小馆子或者饭摊儿，布置全是一样。一个高可三尺的圆炉灶，上面罩着一个铁罩子，北方人叫着炙，将二三尺长的松树柴，塞到炙底下去烧。卖肉的人，将牛羊肉切成像牛皮纸那么薄，巴掌大一块儿（这就是艺术），用碟儿盛着，放在柜台或摊板上，当太阳黄黄的，斜临在街头，西北风在人头上瑟瑟吹过。松火柴在炉灶上吐着红焰，带了缭绕的青烟，横过马路。在下风头远远地嗅到一种烤肉香，于是有这嗜好的人，就情不自禁地会走了过去，叫一声："掌柜的，来两碟！"这里炉子四周，围了四条矮板凳，可不是坐着的，你要坐着，是上洋车坐车踏板，算来上等车了。你走过去，可以将长袍儿大襟一撩，把右脚踏在凳子上。店伙自会把肉送来，放在炉子木架上。另外是一碟葱白，一碗料酒、酱油的掺和物。木架上有竹竿做的长棍子，长约一尺五六。你夹起碟子里的肉，向酱油、料酒里面一和弄，立刻送到铁炙的火焰上去烤烙。但别忘了放葱白，掺和着，于是肉气味儿、葱气味儿、酱油酒气味儿、松烟气味儿，融合一处，铁烙炙上吱吱作响，筷子越翻弄越香。

你要是吃烧饼，店伙会给你送一碟火烧来。你要是喝酒，店伙给你送一只杯子，一个三寸高的小锡瓶儿来，那时你左脚站在地上，右脚踏在凳上，右手拿了长筷子在炙上烤肉，左手两指夹了锡瓶嘴儿，向木架子上杯子里斟白干，一筷子熟肉送到口，接着举杯抿上一口酒，那神气就大了——"虽南面王无以易也！"

趣味还不止此，一个炙，同时可以围了六七个人吃。大家全是过路人，谁也不认识谁。可是各人在炙上占一块儿小地盘烤肉，有个默契的君子协定，互不侵犯。各烤各的，各吃各的。偶然交上一句话："味儿不坏！"于是做个会心的微笑。吃饱了，人喝足了，在店堂里去喝碗小米稀饭，就着盐水卤疙瘩咸菜，或者要个天津萝卜啃，浓腻了之后再来个清淡，其味无穷。另有个笑话，不巧，烤肉时，站在下风头，炉子里松烟，可向脸上直扑，你得时时闪开，去揉擦泪水。可是一面揉眼睛，一面长筷子夹烤肉，也有的是，那就是趣味吗？

这样说来，士大夫阶级，当然尝不到这滋味。不，顺直门里烤肉宛家的灰棚里，东安市场东来顺三层楼上，前门外正阳楼院子里，也可以烤肉吃。尤其是烤肉宛家，每到夕阳西下，喝小米稀饭的雅座里，可以搬出二三十件狐皮大衣，自然，那灰棚门口，停着许多漂亮汽车。唉！于今想来，是一场梦。

# 翠拂行人首

古老的四合院依旧艺术，未凋的翠绿枝条儿直抵路面，胡同巷里的乐音一阵阵传来，这里的生活舒适，这里的居民惬意，这是属于北京深巷里的新秋之午。

一条平整的胡同，大概长约半华里吧。站在当街向两头儿一瞧，中国槐和洋槐，由人家院墙里面伸出来，在洁白的阳光下，遮住了路口。这儿有一列白粉墙，高可六七尺，墙上是青瓦盖着脊梁，由那上面伸到空气里去的是两三棵枣树，绿叶子里成球的挂着半黄半红的冬瓜枣儿。树荫下一个翻着兽头瓦脊的一字门楼儿，下面有两扇朱漆的红板门，这么一形容，你必然说这是个布尔乔亚之家，不，这是北平城里"小小住家儿的"。

这样的房子，大概里面是两个院子，也许前面院子大，也许后面院子大。或者前面是四合院，后面是三合院，或者是倒过一个个儿来，统共算起来，总有十来间房。平常一个耍笔杆儿的，也总可以住上一个独院，人口多的话，两院都占了。房钱是多少呢，当我在那里住家的时候，约摸是每月二十元到三十元；碰巧还装有现成的电灯与自来水。现时在重庆找不到地方落脚的主儿，必会说我在说梦话。

　　就算是梦吧，咱们谈谈梦。北平任何一所房，都有点艺术性，不会由大门直通到最后一进。大门照例是开在一边，进门来拐一个弯儿，那里有四扇绿油油屏门隔了内外。进了这屏门，是外院。必须有石榴树、金鱼缸，以及夹竹桃、美人蕉等等盆景，都陈列在院里。有时在绿屏门角落，栽上一丛瘦竿儿竹子，夏天里竹笋已成了新竹，拂着嫩碧的竹叶，遥对着正屋朱红的窗格，糊着绿冷布的窗户，格外鲜艳。白粉墙在里面的一方，是不会单调的，墙上层照例画着一栏山水人物的壁画。记着，这并不是富贵人家。你勤快一点儿，干净一点儿，花极少的钱，就可以办到。

　　正屋必有一带走廊，也许是落地原漆柱，也许是乌漆柱，透着一点儿画意。下两层台阶儿，廊外或者葡萄架，或者是紫藤架，或者是一棵大柳，或者是一棵古槐，总会映着全院绿茵茵的。虽然日光正午，地下筛着碎银片儿的阳光，咱们依然可以在绿荫下，青砖面的人行路上散步。柳树枝或葡萄藤儿，由上面垂下来，拂在行步人的头上，真有"翠拂行人首"的词意。树枝上秋蝉在拉着断续的嘶啦之声，象征了天空是热的。深胡同里，遥遥的有小贩吆唤着："甜葡萄嘞，枣枣枣儿啦，没有虫儿的。"这声音停止了，当的一声，打糖锣的在门外响着。一切市声都越发地寂静了，这是北平深巷里的初秋之午。

# 北平

郑振铎

若你来北京，只去看那些宏伟的建筑，这样的游历，说不定会让你爱上这一座城市；若你来北京，也去看看那些"杂合院"里，或许，你就能体会到被城市遗忘的可怕。

你若是在春天到北平，第一个印象也许便会给你以十分的不愉快。你从前门东车站或西车站下了火车，出了站门，踏上了北平的灰黑的土地上时，一阵大风刮来，刮得你不能不向后倒退几步；那风卷起了一团的泥沙；你一不小心便会迷了双眼，怪难受的；而嘴里吹进了几粒细沙在牙齿间萨拉萨拉的作响。耳朵壳里，眼缝边，黑马褂或西服外套上，立刻便都积了一层黄灰色的沙垢。你到了家，或到了旅店，得仔细的洗涤了一顿，才会觉得清爽些。

"这鬼地方！那么大的风，那么多的灰尘！"你也许会很不高兴的诅咒的说。

风整天整夜的呼呼的在刮，火炉的铅皮烟囱，纸的窗户，都在乒乒乓乓的相碰着，也许会闹得你半夜睡不着。第二天清早，一睁开眼，呵，满窗的黄金色，你满心高兴，以为这是太阳光，你今天将可以得一个畅快的游览了。然而风声还在呼呼的怒吼着。擦擦眼，拥被坐在床上，你便要立刻懊丧起来。那黄澄澄的，错疑做太阳光的，却正是漫天漫地的吹刮着的黄沙！风声吼吼的还不曾歇气。你也许会懊悔来这一趟。

但到了下午，或到了第三天，风渐渐的平静起来。太阳光真实的黄亮亮的晒在墙头，晒进窗里。那份温暖和平的气息儿，立刻便会鼓动了你向外面跑跑的心思。鸟声细碎的在鸣叫着，大约是小麻雀儿的唧唧声居多。——碰巧，院子里有一株杏花或桃花，正含着苞，浓红色的一朵朵，将放未放。枣树的叶子正在努力的向外崛起。——北平的枣树是那么多，几乎家家天井里都有个一株两株的。柳树的柔枝儿已经是透露出嫩嫩的黄色来。只有硕大的榆树上，却还是乌黑的秃枝，一点什么春的消息都没有。

你开了房门，到院子里，深深的吸了一口气。啊，好新鲜的空气，仿佛在那里面便挟带着生命力似的。不由得不使你神清气爽。太阳光好不可爱。天上干干净净的没半朵浮云，俨然是"南方秋天"的样子。你得知道，北平当晴天的时候，永远的那一份儿"天高气爽"的晴明的劲儿，四季皆然，不独春日如此。

太阳光晒得你有点暖得发慌。"关不住了！"你准会在心底偷偷的叫着。你便准得应了这自然之招呼而走到街上。

但你得留意，即使你是阔人，衣袋里有充足的金洋银洋，你也不应摆阔，坐汽车。被关在汽车的玻璃窗里。你便成了如同被蓄养在玻璃缸的金鱼似的无生气的生物了。你将一点也享受不到什么。汽车那么飞快的冲跑过去，仿佛是去赶什么重要的会议。可是你是来游玩，不是来赶会。汽车会把一切自然的美景都推到你的后面去。你不能吟味，你不能停留，你不能称心称意的欣赏。这正是猪八戒吃人参果的勾当。你不会蠢到如此的。

北平不接受那么摆阔的阔客。汽车客是永远不会见到北平的真面目的。北平是个"游览区"。天然的不欢迎"走车看花"——比走马看花还杀风景的勾当——的人物。

那么，你得坐"洋车"——但得注意：如果你是南人，叫一声黄包车，准保个个车夫都不理会你，那是一种侮辱，他们以为，（黄包，北音近于王八。）或酸溜溜的招呼道"人力车"，他们也不会明白的。如果叫道："胶皮"，他们便知道你是从天津来的，准得多抬些价。或索性洋气十足的，叫道"力克夏"，他们便也懂，但却只能以"毛"为单位的给车价了。

"洋车"是北平最主要的交通物。价廉而稳妥，不快不慢，恰到好处。但走到大街上，如果遇见一位漂亮的姑娘或一位洋人在前面车上，碰巧，你的车夫也是一位年轻力健的小伙子，他们赛起车来，那可有点危险。

干脆，走路，倒也不坏。近来北平的路政很好，除了冷街小巷，没有要人、洋人住的地方，还是"无风三尺土，有雨一街泥"之外，其余冲要之区，确可散步。

出了巷口，向皇城方面走，你便将渐入佳景的。黄金色的琉璃瓦在太阳光里发亮光；土红色的墙，怪有意思的围着那"特别区"。入了天安门内，你便立刻有应接不暇之感。如果你是聪明的，在这里，你必得跳下车来，散步的走着。那两支白石盘龙的华表，屹立在中间，恰好烘托着那一长排的白石栏杆和三座白石拱桥，表现出很调和的华贵而苍老的气象来，活像一位年老有德、饱历世故、火气全消的学士大夫，没有丝毫的火辣辣的暴发户的讨厌样儿。春冰方解，一池不浅不溢的春水，碧油油的可当一面镜子照。正中的一座拱桥的三个桥洞，映在水面，恰好是一个完全的圆形。

你过了桥，向北走。那厚厚的门洞也是怪可爱的（夏天是乘风凉最好的地方）。午门之前，杂草丛生，正如一位不加粉黛的村姑，自有一种风趣。那左右两排小屋，仿佛将要开出口来，告诉你以明清的若干次的政变，和若干大臣、大将雍雍锵锵的随驾而出入。这里也有两支白色的华表，颜色显得黄些，更觉得苍老而古雅。无论你向东走，或向西走——你可以暂时不必向北进端门，那是历史博物馆的入门处，要购票的。——你可以见到很可愉悦的景色。出了一道门，沿了灰色的宫墙根，向西北走，或向东北走，你便可以见到护城河里的水是那么绿得可爱。太庙或中山公园后面的柏树林是那么苍苍郁郁的，有如见到深山古墓。和你同道走着的，有许多走得比你还慢，还没有目的的人物；他们穿了大袖的过时的衣服，足上登着古式的鞋，手上托着一只鸟笼，或臂上栖着一只被长链锁住的鸟，懒懒散散的在那里走着。有时也可遇到带着一群小哈叭狗的人，有气势的在赶着路。但你如果到了东华门或西华门而折回去时，你将见他们也并不曾往前走，他们也和你一样的折了回去。他们是在这特殊幽静的水边遛跶着的！遛跶，是北平人生活的主要的一部分；他们可以在这同一的水边，城墙下，遛跶整个半天，天天如此，年年如此，除了刮大风，下大雪，天气过于寒冷的时候。你将永远猜想不出，他们是怎样过活的。你也许在幻想着，他们必定是没落的公子王孙，也许你便因此凄怆的怀念着他们的过去的豪华和今日的沦落。

　　啪的一声响，惊得你一大跳，那是一个牧人，赶了一群羊走过，长长的牧鞭打在地上的声音。接着，一辆 1934 年式的汽车呜呜的飞驰而过。你的胡思乱想为之撕得粉碎。——但你得知道，你的凄怆的情感是落了空。那些臂鸟驱狗的人物，不一定是没落的王孙，他们多半是以驯养鸟狗为生活的商人们。

　　你再进了那座门，向南走。仍走到天安门内。这一次，你得继续的向南走。大石板地，没有车马的经过，前面的高大的城楼，作为你的目标。左右全都是高及人头的灌木林子。在这时候，黄色的迎春花正在盛开，一片的喧闹的春意。红刺梅也在含苞。晚开的花树，枝头也都有了绿色。在这灌木林子里，你也许可以徘徊个几小时。在红刺梅盛开的时候，连你的脸色和衣彩也都会映上红色的笑影。散步在那白色的阔而长的大石道，便是一种愉快。心胸阔大而无思虑。昨天的积闷，早已忘得一干二净。你将不再对北平有什么诅咒。你将开始发生留恋。

　　你向南走，直走到前门大街的边沿上，可望见东西交民巷口的木牌坊，可望见你下车来的东车站或西车站，还可望见屹立在前面的很宏伟的一座大牌楼。乱纷纷的人和车，马和货物；有最新式的汽车，也有最古老的大车，简直是最大的一个运输物的展览会。

　　你站了一会，觉得看腻了，两腿也有点发酸了，你便可以向前走了几步，极廉价的雇到一辆洋车，在中山公园口放下。

　　这公园是北平很特殊的一个中心。有过一个时期，当北海还不曾开放的时候，她是北平唯一的社交的集中点。在那里，你可以见到社会上各种各样的人物。——当然无产者是不在内，他们是被几分大洋的门票摈在园外的。你在那里坐了一会，立刻便可以招致了许多熟人。你不必家家拜访或邀致，他们自然会来。当海棠盛开时，牡丹、芍药盛开时，菊花盛开时的黄昏，那里是最热闹的上市的当儿。茶座全塞满了人，几乎没有一点空地。一桌人刚站了起来，立刻便会有候补的挤了上去。老板在笑，伙计们也在笑。他们的收入是如春花似的繁多。直到菊花谢后，方才渐渐的冷落了下来。

你坐在茶座上，舒适的把身体堆放在藤椅里，太阳光满晒在身上，棉衣的背上，有些热起来。前后左右，都有人在走动，在高谈，在低语。坛上的牡丹花，一朵朵总有大碗粗细。说是赏花，其实，眼光也是东溜西溜的。有时，目无所瞩，心无所思的，可以懒懒的呆在那里，整整的呆个大半天。

一阵和风吹来，遍地白色的柳絮在团团的乱转，渐转成一个球形，被推到墙角。而漫天飞舞着的棉状的小块，常常扑到你面上，强塞进你的鼻孔。

如果你在清晨来这里，你将见到有几堆的人，老少肥瘦俱齐，在大树下空地上练习打太极拳。这运动常常邀引了患肺痨者去参加，而因此更促短了他们的寿命。而这时，这公园里也便是肺痨病者们最活动的时候。瘦得骨立的中年人们，倚着杖，蹒跚的在走着——说是呼吸新鲜空气——走了几步，往往咳得伸不起腰来，有时，喀的一声，吐了一大块浓痰在地上。为了这，你也许再不敢到这园来。然而，一到了下午，这园里却仍是拥挤着人。谁也不曾想到天天清晨所演的那悲剧。

园后的大柏树林子，也够受糟蹋的。茶烟和瓜子壳，熏得碧绿的柏树叶子都有点显出枯黄色来，那林子的寿命，大约也不会很长久。

　　和中山公园的热闹相陪衬的是隔不几十步的太庙的冷落。不知为了什么，去太庙的人到底少。只有年轻的情人们，偶尔一对两对的避人到此密谈。也间有不喜追逐在热闹之后的人，在这清静点的地方散步。这里的柏树林，因为被关闭了数百年之后，而新被开放之故，还很顽健似的，巢在树上的"灰鹤"也还不曾搬家他去。

　　太庙所陈列的清代各帝的祭殿和寝宫，未见者将以为是如何的辉煌显赫，如何的富丽堂皇，其实，却不值一看，一色黄缎绣花的被褥衣垫，并没有什么足令人羡慕。每张供桌上所列的木雕的杯碗及烛盘等等，还不如豪富人家的祖先堂的讲究。从前读一明人笔记，说，到明孝陵参观上供，见所供者不过冬瓜汤等等极淡薄贱价的菜。这里在皇帝还在宫中时，祭供时，想也不过如此。是帝王和平民，不仅在坟墓里同为枯骨，即所馨享的也不过如此如此而已。

　　你在第二天可以到北城去游览一趟，那一边值得看的东西很不少。后门左近有国子监、钟楼及鼓楼。钟鼓楼每县都有之，但这里，却显得异常的宏伟。国子监，为从前最高的学府，那里边，藏有石鼓——但现在这著名的石鼓却已南迁了。由后门向西走，有什刹海；相传《红楼梦》所描写的大观园就在什刹海附近。这海是平民的夏天的娱乐场。海北，有规模极大的冰窖一区。海的面积，全都是稻田和荷花荡。（北平人的养荷花是一业，和种水稻一样。）夏天，荷花盛开时，确很可观。倚在会贤堂的楼栏上，望着骤雨打在荷盖上，那喷人的荷香和刹刹的细碎的响声，在别处是闻不到、听不到的。如果在芦席棚搭的茶座上听着，虽显得更亲切些，却往往棚顶漏水，而水点落在芦席上，那声音也怪难听的，有喧宾夺主之感。最佳的是夏已过去，枯荷满海，什刹海的闹市已经收场，那时如果再到会贤堂楼上，倚栏听雨，便的确不含糊的有"留得残荷听雨声"之妙，不过，北平秋天少雨，这境界颇不易逢。

什刹海的对面，便是北海的后门。由这里进北海，向东走，经过澄心斋、松坡图书馆、仿膳、五龙亭，一直到极乐世界，没有一个地方不好。唯惜五龙亭等处，夏天人太闹。极乐世界已破坏得不堪，没有一尊佛像能保得不断腽折臂的。而北海之饶有古趣者，也只有这个地方。那个地方，游人是最少进去的。如果由后面向南走，你便可以走到北海董事会等处，那里也是开放的，有茶座，却极冷落。在五龙亭坐船，渡过海——冬天是坐了冰船滑过去——便是一个圆岛，四面皆水，以一桥和大门相通。岛的中央，高耸着白塔。依山势的高下，随意布置着假山、庙宇、游廊小室，那曲折的工程很足供我们作半日游。

如果，在晴天，倚在漪澜堂前的白石栏杆上，静观着一泓平静不波的湖水，受着太阳光，闪闪的反射着金光出来，湖面上偶然泛着几只游艇，飞过几只鹭鸶，惊起一串的呷呷的野鸭，都足够使你留恋个若干时候。但冬天，那是最坏的时候了，这场面上将辟为冰场，红男绿女们在番里奔走驰驶，叫闹不堪。你如果已失去了少年的心，你如果爱清静，爱独游，爱默想，这场面上你最好是不必出现。

出了北海的前门，向西走，便是金鳌玉蝀桥。这座白石的大桥。隔断了中南海和北海。北海的白日，如画的映在水面上，而中南海的万善殿的全景，也很清晰的可看到。中南海本亦为公园，今则又成了"禁地"。只有东部的一个小地方，所谓万善殿的，是开放着。这殿很小，游人也极冷落，房室却布置得很好。龙王堂的一长排，都是新塑的泥像，很庸俗可厌。但你要是一位细心的人，你便可在一个殿旁的小室里，发见了倚在墙旁无人顾问的两尊木雕的菩萨像。那形态面貌，无一处不美，确是辽金时代的遗物；然一尊则双臂俱折，一尊则腔部只剩了半边。谁还注意到他们呢？报纸上却在鼓吹着龙王堂的神像塑得有精神，为明代的遗物，却不知那是民国三四年间的新物！仍由中南海的后门走出，那斜对过便是北平图书馆，这绿琉璃瓦的新屋，建筑费在一百四十万以上，每年的购书费则不及此数之十二。旧书是并合了方家胡同京师图书馆及他处所藏的，新书则多以庚款购入。在中国可称是最大的图书馆。馆外的花园，邻于北海者，亦以白色栏杆围隔之；唯为廉价之水门汀所制成，非真正的白石也。

由北平图书馆再过金鳌玉蝀桥，向东走，则为故宫博物院。由神武门入院，处处觉得寥寂如古庙，一点生气都没有。想来，在还是"帝王家"的时代，虽聚居了几千宫女、太监们在内，而男旷女怨，也必是"戾气"冲天的。所藏古物，重要者都已南迁，游人们因之也寥落得多。

神武门的对门是景山。山上有五座亭，除当中最高的一亭外，多被破坏。东边的山脚，是崇祯自杀处。春天草绿时，远望景山，如铺了一层绿色的绣毡，异常的清嫩可爱。你如果站在最高处，向南望去，宫城全部，俱可收在眼底。而东交民巷使馆区的无线电台，东长安街的北京饭店，三条胡同的协和医院都因怪不调和而被你所注意。而其余的千家万户则全都隐藏在万绿丛中，看不见一瓦片，一屋顶，仿佛全城便是一片绿色的海。不到这里，你无论如何不会想象得到北平城内的树木是如何的繁密；大家小户，哪一家天井不有些绿色呢。你如站在北面望下时，则钟鼓楼及后门也全都耸然可见。

三大殿和古物陈列所总得耗费你一天的工夫。从西华门或从东华门入，均可。古物陈列所因为古物运走的太多，现在只开放武英殿，然仍有不少好东西。仅李公麟的《击壤图》便足够消磨你半天。那人物，几乎没有一个没精神的，姿态各不相同，却不曾有一懈笔。

三大殿虽空无所有，却宏伟异常。在殿廊上，下望白石的"丹墀"，不能不令你想到那过去的充满了神秘气象的"朝廷"和叔孙通定下的"朝仪"的如何能够维持着常在的神秘的尊严性。你如果富于幻想，闭了眼，也许还可以如见那静穆而紧张的随班朝见的文武百官们的精灵的往来。这里有很舒适的茶座。坐在这里，望着一列一列的雕镂着云头的白石栏杆和雕刻得极细致的陛道，是那么样的富于富丽而明朗的美。

你还得费一二天的工夫去游南城。出了前门，便是商业区和会馆区。从前汉人是不许住在内城的，故这南城或外城，便成了很重要的繁盛区域。但现在是一天天的冷落了。却还有几个著名的名胜所在，足供你的流连、徘徊。西边有陶然亭，东边有夕照寺、拈花寺和万柳堂。从前都是文士们雅集之地，如今也都败坏不堪，成为工人们编麻索、织丝线之地。所谓万柳也都不存一株。只有陶然亭还齐整些。不过，你游过了内城的北海、太庙、中山公园，到了这些地方，除了感到"野趣"之外，也便全无所得的了。

你或将为汉人们抱屈；在二十几年前，他们还都只能局促于此一隅。而内城的一切名胜之地，他们是全被摈斥在外的。别看清人诗集里所歌咏的是那么美好，他们是不得已而思其次的呢！

而现在，被摈斥于内城诸名胜之外的，还不依然是几十百万人么？

南城的娱乐场所，以天桥为中心。这个地方倒是平民的聚集之所；一切民间的玩意儿，一切廉价的旧货物，这里都有。

先农坛和天坛也是极宏伟的建筑。天坛的工程尤为浩大而艰巨，全是圆形的；一层层的白石栏杆，白石阶级，无数的参天的大柏树，包围着一座圆形的祭天的圣坛。坛殿的建筑，是圆的，四周的阶级和栏杆也都是圆的。这和三大殿的方整，恰好成一最有趣的对照。在这里，在大树林下徘徊着，你也便将勾引起难堪的怀古的情绪的。

这些，都只是游览的经历。你如果要在北平多住些时候，你便要更深刻的领略到北平的生活了。那生活是舒适、缓慢、吟味、享受，却绝对的不紧张。你见过一串的骆驼走过么？安稳、和平，一步步的随着一声声丁当丁当的大颈铃向前走；不匆忙，不停顿；那些大动物的眼里，表现的是那么和平而宽容，负重而忍辱的性情。这便是北平生活的象征。

和这些宏伟的建筑，舒适的生活相对照的，你不要忘记掉，还有地下的黑暗的生活呢。你如果有一个机会，走进一所"杂合院"里，你便可见到十几家老少男女紧挤在一小院落里住着的情形：孩子们在泥地上爬，妇女们是脸多菜色，终日含怒抱怨着，不时的，有咳嗽的声音从屋里透出。空气是恶劣极了；你如不是此中人，你便将不能做半日留。这些"杂合院"

便是劳工、车夫们的居宅。有人说，北平生活舒服，第一件是房屋宽敞，院落深沉，多得阳光和空气。但那是中产以上的人物的话，百分之八九十以上的人口，是住着龌龊的"杂合院"里的，你得明白。

更有甚的，在北城和南城的僻巷里，听说，有好些人家，其生活的艰苦较住"杂合院"者为尤甚，常有一家数口合穿一条裤或一衣的。他们在地下挖了一个洞。有一人穿了衣裤出外了，家中裸体的几人便站在其中。洞里铺着稻草或破报纸，藉以取暖。这是什么生活呢！

年年冬天，必定有许多无衣无食的人，冻死在道上。年年冬天，必定有好几个施粥厂开办起来。来就食的，都是些可怕的窘苦的人们。然也竟有因为无衣而不能到粥厂来就吃的！

"九渊之下，更有九渊。"北平的表面，虽是冷落破败下去，尚未减都市之繁华。而其里面，却想不到是那样的破烂、痛苦、黑暗。

终日徘徊于三海公园乃至天桥的，不是罪人是什么！而你，游览的过客，你见了这，将有动于中，而快快的逃脱出这古城呢，还是想到"我不入地狱谁入地狱"一类的话呢？

1934 年 11 月 3 日

# 访笺杂记

郑振铎

对于搜访笺纸，郑振铎是热情的、认真的。琉璃厂附近是来了多次，走了多遍的。清代时期，各地的会馆也多建于此。于是乎，书商纷纷来此设摊开店。久而久之，琉璃厂便成了人文荟萃的文化街市。

　　我搜求明代雕版画已十余年，初仅留意小说戏曲的插图，后更推及于画谱及他书之有插图者。所得未及百种。前年冬，因偶然的机缘，一时获得宋元及明初刊印的出相佛道经二百余种。于是宋元以来的版画史，粗可踪迹。间亦以余力，旁骛清代木刻画籍。然不甚重视之。像万寿盛典图、避暑山庄图、泛槎图、百美新咏一类的书，虽亦精工，然颇嫌其匠气过重。至于流行的笺纸。则初未加以注意。为的是十年来久和毛笔绝缘。虽未尝不欣赏十竹斋笺谱、萝轩变古笺谱，却视之无殊于诸画谱。

　　约在六年前，偶于上海有正书局得诗笺数十幅，颇为之心动；想不到今日的刻工，尚能有那样精丽细腻的成绩。仿佛记得那时所得的笺画，刻的是罗西峰的小幅山水，和若干从十竹斋画谱描摹下来的折枝花卉和蔬果。这些笺纸，终于舍不得用，都分赠给友人们当作案头清供了。

　　二十年九月，我到北平教书，琉璃厂的书店断不了我的足迹。有一天，偶过清秘阁，选购得笺纸若干种，颇高兴。觉得比在上海所得的，刻工色彩都高明得多了。仍只是作为礼物送人。

引起我对于诗笺发生更大的兴趣的是鲁迅先生。我们对于木刻画有同嗜。但鲁迅先生所搜集的范围却比我广泛得多了；他尝斥资重印士敏土之图数百部——后来这部书竟鼓动了中国现代木刻画的创作的风气。他很早的便在搜访笺纸，而尤注意于北平所刻的。今年春天，我们在上海见到了，他认为北平的笺纸是值得搜访而成为专书的。再过几时这工作恐怕更不易进行。我答应一到北平，立即便开始工作。预定只印五十部，分赠友人们。

我回平后，便设法进行刷印笺谱的工作。第一着还是先到清秘阁。在这里又购得好些笺样。和他们谈起刷印笺谱之事时，掌柜的却斩钉截铁地回绝了，说是五十部绝对不能开印。他们有种种理由：板片太多，拼合不易，刷印时调色过难；印数少，板刚拼好，调色尚未顺手，便已竣工；损失未免过甚。他们自己每次开印总是五千一万的。

"那么印一百部呢？"我道。

他们答道："且等印的时候再商量罢。"

这场交涉虽是没有什么结果，但看他们口气很松动，我想印一百部也许不成问题。正要再向别的南纸店进行，而热河的战事开始了，一搁置便是一年。

九月初，战事告一段落，我又回到上海。与鲁迅先生相见时，带着说不出的凄惋的感情，我们又提到印这笺谱的事。

"便印一百部，总不会没人要的。"鲁迅先生道。

"回去便进行。"我道。

工作便又开始进行。第一步自然是搜访笺样。清秘阁不必再去。由清秘阁向西走，路北第一家是淳菁阁，在那里很惊奇地发见了许多清隽绝伦的诗笺，特别是陈师曾氏所作的，虽仅寥寥数笔，而笔触却是那样的潇洒不俗，转以十竹斋、萝轩诸笺为烦琐，为做作。像这样的一片园地，前人尚未之涉及呢。我舍不得放弃了一幅。吴待秋、金拱北诸氏所作和姚茫父氏的唐画壁砖笺、西域古迹笺等，也都使我喜欢。

过了五六天，又进城到琉璃厂，由淳菁阁再往西走，第一家是松华斋；松华斋的对门在路南的是松古斋。由松华斋再往西，在路北的是懿文斋。再西便是厂西门，没有别的南纸店了。

先进松华斋，在他们的笺样簿里，又见到陈师曾所作的八幅花果笺，说他们"清秀"是不够的，"神采之笔"的话也有些空洞。只是赞赏，无心批判。陈半丁、齐白石二氏所作，其笔触和色调，和师曾有些同流，唯较为繁缛燠煴。他们的大胆的涂抹，颇足以代表中国现代文人画的倾向；自吴昌硕以下，无不是这样的粗枝大叶的不屑屑于形似的。我很满意地得到不少的收获。

带着未消逝的快慰，过街而到松古斋。古旧的门面，老店的规模，却不料售的倒是洋式笺。所谓洋式笺，便是把中国纸染了矾水，可以用钢笔写；而笺上所绘的大都是迎亲、抬轿、舞灯、拉车一类的本地风光；笔法粗劣，且惯喜以浓红大绿涂抹之。其少数还保存着旧式的图版画。然以柔和的线条、温茜的色调，刷印在又涩又糙的矾水拖过的人造纸面上，却格外地显得不调和。那一片一块地浮出的彩光，大损中国画的秀丽的情绪。

懿文斋没有什么新式样的画笺，所有的都是光宣时所流行的李伯霖、刘锡玲、戴伯和、李毓如诸人之作；只是谐俗的应市的通用笺而已。故所画不离吉祥、喜庆之景物，以至通俗的着色花鸟的一类东西。但我仍选购了不少。

第三次到琉璃厂已是九月底；这一次是由清秘阁向东走。偏东路北是荣宝斋，一家不失先正典型的最大的笺肆，仿古和新笺，他们都刻了不少。我在那里见到林琴南的山水笺，齐白石的花果笺，吴待秋的梅花笺，以及齐、王诸人合作的壬申笺、癸酉笺等等，刻工较清秘阁为精。仿成亲王的拱花笺，尤为诸肆所见这一类笺的白眉。

半个下午，便完全耗在荣宝斋，和他们谈到印笺谱的事，他们也有难色，觉得连印一百部都不易动工；但仍是那么游移其词地回答道："等到要印的时候再商量罢。"

从荣宝斋东行，过厂甸的十字路口，便是海王村；过海王村东行，路北有静文斋，也是很大的一家笺肆。当我一天走进静文斋的时候，已在午后。太阳光淡淡地射在罩了蓝布套的桌上，我带着怡悦的心情在翻笺样簿。很高兴地发见了齐白石的人物笺四幅，说是仿八大山人的，神情色调都臻上乘。吴待秋、汤定之等二十家合作的梅花笺，也富于繁颐的趣味。清道人、姚茫父、王梦白诸人的罗汉笺、古佛笺等，都还不坏，古色斑斓的彝器笺，也静雅足备一格。

静文斋的附近，路南有荣禄堂，规模似很大，却已衰颓不堪，久已不印笺。

亦有笺样簿，却零星散乱，尘土封之，似久已无人顾问及之。循样以求，十不得一，即得之亦都暗败变色，盖搁置架上已不知若干年，纸都用舶来之薄而透明的一种，色彩偏重于浓红深绿，似意在迎合光宣时代市人们的口味。肆主人须发皆白，年已七十余，唯精神尚矍铄，与谈往事，娓娓可听。但搜求将一小时，所得仅缦卿作的数笺。由荣禄更东行，近厂东门，路北有宝晋斋。此肆诗笺，都为光宣时代的旧型，佳者殊鲜，仅选得朱良材作的数笺。

出厂东门折而南，过一尺大街，即入杨梅竹斜街。东行数百步，路北有成兴斋。此肆有冷香女士作的月令笺，又有清末为慈禧代笔的女画家缪素筠作的花鸟笺；在光宣时代似为一当令的笺店。然笺样都缺，月令笺仅存其七。再东行有彝宝斋，笺样多陈列窗间，并样簿而无之。选得王昭作的花鸟笺十余幅，颇可观，而亦零落不全。

以上数次的所得，都陆续的寄给鲁迅先生，由他负最后选择的责任。寄去的大约有五百数十种，由他选定的是三百三十余幅，就是现在印出的样式。

这部《北平笺谱》所以有现在的样式，全都是鲁迅先生的力量——由他倡始，也由他结束了这事。

说起访笺的经过来，也并不是没有失望与徒劳。我不单在厂甸一带访求。在别的地方也尝随时随地地留意过，却都不曾给我以满足。好几个大市场里，都没有什么好的笺样被发见。有一次，曾从东单牌楼走到东四牌楼，经隆福寺街东口而更往北走，推门而入的南纸店不下十家，大多数只售洋纸笔墨和八行素笺。最高明的也只卖少数的拱花笺，却是那么地粗陋浮躁，竟不足以当一顾。

在厂甸也不是不曾遇见同样狼狈的事。厂甸中段的十字街头，路南有两家规模不小的南纸店。一名崇文斋，在路东，有笺样簿，多转贩自诸大肆者。一名中和丰，在路西，专售运动器具及纸墨，并诗笺而无之。由崇文东行数十步，路南有豹文斋，专售故宫博物院出品，亦尝翻刻黄瘿瓢人物笺，然执以较清秘、荣宝所刻，则神情全非矣。

但北平地域甚广，搜访所未及者一定还有不少。即在琉璃厂，像伦池斋，因无笺样簿遂失之交臂。他们所刻"思古人笺"，版已还之沈氏，故不可得；而其王雪涛花卉笺四幅，刻印俱精，色调亦柔和可爱。惜全书已成，不及加入。又北平诸文士私用之笺纸，每多设计奇诡，绘刻精丽的。唯访求较为不易。补所未备，当俟异日。

选笺已定，第二步便交涉刷印，淳菁、松华、松古三家，一说便无问题。荣宝、宝晋、静文诸家，初亦坚执百部不能动工之说，然终亦答应下来。独清秘最为顽强，交涉了好几次，他们不是说百部太少不能印，便是说人工不够没有工夫印；再说下去便给你个不理睬；任你说得舌疲唇焦，他们只是给你个不理睬，颇想抽出他们的一部分不印，终于割舍不下溥心畬、江采诸家的二十余幅作品。再三奉托了刘淑度女士和他们商量，方才肯答应印。而色调转繁的十余幅蔬果笺，却仍因无人担任刷印而被剔出。蔬果笺刻印不精，去之亦未足惜。荣禄堂的笺纸，原只想印缦卿作的四幅。他们说年代已久，不知板片还在否，找得出来便可开印，只怕残缺不全。

但后来究竟算是找全了。

最后到彝宝斋，一位仿佛湖南口音的掌柜的，一开口便说："不能印，现在已经没有印刷这种信笺的工人了，我们自己要几千几万份地印，尚且不能，何况一百张。"我见他说得可笑，便取出些他家的订印单给他看，他无辞可对，只得说老实话："成兴斋和我们是联号，你老到他们那里去看看罢，这些花鸟笺的板片他们那里也有。"我立刻明白那是怎么一回事，到成兴斋一打听，果然那板片已归他们所有。

为了访问画家和刻工的姓氏，也费了很大的工夫。有少数的画家，其姓氏是我所不知道的——我对于近代的画坛是那样地生疏。访之笺肆亦多不知者；求之润单间亦无之。打听了好久，有的还是见到了他的画幅，看到他的图章方才知道。只有缦卿的一位，他的姓氏到现在还是一个谜。

刻工实为制笺的重要分子，其重要也许不下于画家。因彩色诗笺，不仅要精刻，而且要就色彩的不同而分刻为若干板片；笺画之有无精神，全靠分板之能否得当。画家可以恣意地使用着颜料，刻工则必须仔细地把那么复杂的颜色，分析为四五个乃至一二十个单色板片。所以刻工之好坏，是主宰着制笺的命运的。在北平笺谱里，实在不能不把画家和刻工并列着。但为访问刻工姓名，也颇遭逢白眼，他们都觉得这是可怪的事，至多只是敷衍地回答着。有的是经了再三的迫问，四处的访求，方才能够确知的。有的因为年代已久，实在无法知道。目录里所注的刻工姓名，实在是不止三易稿而后定的。宋版书多附刊刻工姓名，明代中叶以后，刻图之工尤自珍其所作，往往自署其名，若何铃、王士珩、魏少峰、刘素明、黄应瑞、刘应祖、洪国良、项南洲、黄子立其尤著者。然其后则刻工渐被视为贱技，亦鲜有自标姓名者。当此木板雕刻业像晨星似的摇摇欲坠之时，而复有此一番表彰，殆亦雕版史末页上重要的文献。

淳菁阁的刻工，姓张但不知其名；他们说此人已死，人皆称之为张老西，住厂西门，其技能为一时之最。我根据了张老西的这个浑名，到处地打听着。后来还是托荣宝斋查考到，知道他的真名是启和。松华斋的刻工，据说是专门为他们刻笺的，也姓张；经了好多次的追问，才知道其名为东山。静文斋的刻工，初仅知其名为板儿杨，再三恳托着去查问，才知道其名为华庭。清秘阁的刻工，也经了数次的访问后，方知其亦为张东山。因此，我颇疑刻工和制笺业的关系，也许不完全是处在雇工的地位；他们也许是自立门户，有求始应，像画家那个样子的。然未细访，不能详。

荣宝斋的刻工名李振怀，懿文斋的刻工名李仲武，松古斋的刻工名杨朝正，成兴斋的刻工名杨文、萧桂，也颇费恳托，方能访知。至于荣禄、宝晋二家，则因刻者年代已久，他们已实在记不清了，姑阙之。刻工中，以张、李、杨三名为多，颇疑其有系属的关系，像明末之安徽黄氏、鲍氏。这种以一个家庭为中心的手工业是至今也还存在的。

刷印之工，亦为制笺的重要的一个步骤。因不仅拆板不易，即拼板、调色，亦煞费工夫。惜印工太多，不能一一记其姓名。

对此数册之笺谱，不禁也略略有些悲喜和沧桑之感。自慰幸不辜负搜访的勤劳，故记之如右。

# 北京的春节

老舍

北京的春节是从腊月初旬就开始的。腊八就
已有很多讲究了。熬腊八粥、泡腊八蒜，甚
至年货摊子也是从这天开始的。之后是过小
年、除夕，各种习俗规定一一执行。直到元宵，
新年正式达到了高潮。

按照北京的老规矩，过农历的新年（春节），差不多在腊月的初旬就
开头了。"腊七腊八，冻死寒鸦"，这是一年里最冷的时候。可是，到了
严冬，不久便是春天，所以人们并不因为寒冷而减少过年与迎春的热情。
在腊八那天，人家里，寺观里，都熬腊八粥。这种特制的粥是祭祖祭神的，
可是细一想，它倒是农业社会的一种自傲的表现——这种粥是用所有的各
种的米，各种的豆，与各种的干果（杏仁、核桃仁、瓜子、荔枝肉、莲子、
花生米、葡萄干、菱角米……）熬成的。这不是粥，而是小型的农业展览会。

腊八这天还要泡腊八蒜。把蒜瓣在这天放到高醋里，封起来，为过年
吃饺子用的。到年底，蒜泡得色如翡翠，而醋也有了些辣味，色味双美，
使人要多吃几个饺子。在北京，过年时，家家吃饺子。

从腊八起，铺户中就加紧的上年货，街上加多了货摊子——卖春联的、
卖年画的、卖蜜供的、卖水仙花的等等都是只在这一季节才会出现的。这

些赶年的摊子都教儿童们的心跳得特别快一些。在胡同里，吆喝的声音也比平时更多更复杂起来，其中也有仅在腊月才出现的，像卖宪书的、松枝的、薏仁米的、年糕的等等。

在有皇帝的时候，学童们到腊月十九日就不上学了，放年假一月。儿童们准备过年，差不多第一件事是买杂拌儿。这是用各种干果（花生、胶枣、榛子、栗子等）与蜜饯搀合成的，普通的带皮，高级的没有皮——例如：普通的用带皮的榛子，高级的用榛瓤儿。儿童们喜吃这些零七八碎儿，即使没有饺子吃，也必须买杂拌儿。他们的第二件大事是买爆竹，特别是男孩子们。恐怕第三件事才是买玩艺儿——风筝、空竹、口琴等——和年画儿。

儿童们忙乱，大人们也紧张。他们须预备过年吃的使的喝的一切。他们也必须给儿童赶快做新鞋新衣，好在新年时显出万象更新的气象。

二十三过小年，差不多就是过新年的"彩排"。在旧社会里，这天晚上家家祭灶王，从一擦黑儿鞭炮就响起来，随着炮声把灶王的纸像焚化，美其名叫送灶王上天。在前几天，街上就有多少多少卖麦芽糖与江米糖的，糖形或为长方块或为大小瓜形。按旧日的说法：用糖粘住灶王的嘴，他到了天上就不会向玉皇报告家庭中的坏事了。现在，还有卖糖的，但是只由大家享用，并不再粘灶王的嘴了。

过了二十三，大家就更忙起来，新年眨眼就到了啊。在除夕以前，家家必须把春联贴好，必须大扫除一次，名曰扫房。必须把肉、鸡、鱼、青菜、年糕什么的都预备充足，至少足够吃用一个星期的——按老习惯，铺户多数关五天门，到正月初六才开张。假若不预备下几天的吃食，临时不容易补充。还有，旧社会里的老妈妈论，讲究在除夕把一切该切出来的东西都切出来，省得在正月初一到初五再动刀，动刀剪是不吉利的。这含有迷信的意思，不过它也表现了我们确是爱和平的人，在一岁之首连切菜刀都不愿动一动。

除夕真热闹。家家赶作年菜，到处是酒肉的香味。老少男女都穿起新衣，门外贴好红红的对联，屋里贴好各色的年画，哪一家都灯火通宵，不许间断，炮声日夜不绝。在外边作事的人，除非万不得已，必定赶回家来，吃团圆饭，祭祖。这一夜，除了很小的孩子，没有什么人睡觉，而都要守岁。

元旦的光景与除夕截然不同：除夕，街上挤满了人；元旦，铺户都上着板子，门前堆着昨夜燃放的爆竹纸皮，全城都在休息。

男人们在午前就出动，到亲戚家，朋友家去拜年。女人们在家中接待客人。同时，城内城外有许多寺院开放，任人游览，小贩们在庙外摆摊、卖茶、食品和各种玩具。北城外的大钟寺、西城外的白云观、南城的火神庙（厂甸）是最有名的。可是，开庙最初的两三天，并不十分热闹，因为人们还正忙着彼此贺年，无暇及此。到了初五六，庙会开始风光起来，小孩们特别热心去逛，为的是到城外看看野景，可以骑毛驴，还能买到那些新年特有的玩具。白云观外的广场上有赛轿车赛马的；在老年间，据说还有赛骆驼的。这些比赛并不争取谁第一谁第二，而是在观众面前表演骡马与骑者的美好姿态与技能。

多数的铺户在初六开张，又放鞭炮，从天亮到清早，全城的炮声不绝。虽然开了张，可是除了卖吃食与其他重要日用品的铺子，大家并不很忙，铺中的伙计们还可以轮流着去逛庙、逛天桥和听戏。

元宵（汤圆）上市，新年的高潮到了——元宵节（从正月十三到十七）。除夕是热闹的，可是没有月光；元宵节呢，恰好是明月当空。元旦是体面的，家家门前贴着鲜红的春联，人们穿着新衣裳，可是它还不够美。元宵节，处处悬灯结彩，整条的大街像是办喜事，火炽而美丽。有名的老铺都要挂出几百盏灯来，有的一律是玻璃的，有的清一色是牛角的，有的都是纱灯；有的各形各色，有的通通彩绘全部《红楼梦》或《水浒传》故事。这，在当年，也就是一种广告；灯一悬起，任何人都可以进到铺中参观；晚间灯中都点上烛，观者就更多。这广告可不庸俗。干果店在灯节还要作一批杂拌儿生意，所以每每独出心裁的，制成各样的冰灯，或用麦苗作成一两条碧绿的长龙，把顾客招来。

除了悬灯，广场上还放花合。在城隍庙里并且燃起火判，火舌由判官泥像的口、耳、鼻、眼中伸吐出来。公园里放起天灯，像巨星似的飞到天空。

男男女女都出来踏月、看灯、看焰火；街上的人拥挤不动。在旧社会里，女人们轻易不出门，她们可以在灯节里得到些自由。

小孩子们买各种花炮燃放，即使不跑到街上去淘气，在家中照样能有声有光的玩耍。家中也有灯：走马灯——原始的电影——宫灯、各形各色的纸灯，还有纱灯，里面有小铃，到时候就叮叮的响。大家还必须吃汤圆呀。这的确是美好快乐的日子。

一眨眼，到了残灯末庙，学生该去上学，大人又去照常作事，新年在正月十九结束了。腊月和正月，在农村社会里正是大家最闲在的时候，而猪牛羊等也正长成，所以大家要杀猪宰羊，酬劳一年的辛苦。过了灯节，天气转暖，大家就又去忙着干活了。北京虽是城市，可是它也跟着农村社会一齐过年，而且过得分外热闹。

在旧社会里，过年是与迷信分不开的。腊八粥，关东糖，除夕的饺子，都须先去供佛，而后人们再享用。除夕要接神；大年初二要祭财神，吃元宝汤（馄饨），而且有的人要到财神庙去借纸元宝，抢烧头股香。正月初八要给老人们顺星、祈寿。因此那时候最大的一笔浪费是买香蜡纸马的钱。现在，大家都不迷信了，也就省下这笔开销，用到有用的地方去。特别值得提到的是现在的儿童只快活的过年，而不受那迷信的熏染，他们只有快乐，而没有恐惧——怕神怕鬼。也许，现在过年没有以前那么热闹了，可是多么清醒健康呢。以前，人们过年是托神鬼的庇佑，现在是大家劳动终岁，大家也应当快乐的过年。

# 想北平

老舍

老舍对北京这座城市的想念，不是枝枝节节，而是具有整体感的。因此，每每想到北京，想到那老城墙、各种古物、各种花菜瓜果……虽然说不出什么，却展现出老舍流淌在血液里的思念。

　　设若让我写一本小说，以北平作背景，我不至于害怕，因为我可以捡着我知道的写，而躲开我所不知道的。让我单摆浮搁的讲一套北平，我没办法。北平的地方那么大，事情那么多，我知道的真觉太少了，虽然我生在那里，一直到廿七岁才离开。以名胜说，我没到过陶然亭，这多可笑！以此类推，我所知道的那点只是"我的北平"，而我的北平大概等于牛的一毛。

　　可是，我真爱北平。这个爱几乎是要说而说不出的。我爱我的母亲。怎样爱？我说不出。在我想作一件事讨她老人家喜欢的时候，我独自微微的笑着；在我想到她的健康而不放心的时候，我欲落泪。言语是不够表现我的心情的，只有独自微笑或落泪才足以把内心揭露在外面一些来。我之爱北平也近乎这个。夸奖这个古城的某一点是容易的，可是那就把北平看得太小了。我所爱的北平不是枝枝节节的一些什么，而是整个儿与我的心灵相粘合的一段历史，一大块地方，多少风景名胜，从雨后什刹海的蜻蜓一直到我梦里的玉泉山的塔影，都积凑到一块，每一小的事件中有个我，我的每一思念中有个北平，这只有说不出而已。

真愿成为诗人，把一切好听好看的字都浸在自己的心血里，像杜鹃似的啼出北平的俊伟。啊！我不是诗人！我将永远道不出我的爱，一种像由音乐与图画所引起的爱。这不但是辜负了北平，也对不住我自己，因为我的最初的知识与印象都得自北平，它是在我的血里，我的性格与脾气里有许多地方是这古城所赐给的。我不能爱上海与天津，因为我心中有个北平。可是我说不出来！

伦敦，巴黎，罗马与堪司坦丁堡，曾被称为欧洲的四大"历史的都城"。我知道一些伦敦的情形；巴黎与罗马只是到过而已；堪司坦丁堡根本没有去过。就伦敦，巴黎，罗马来说，巴黎更近似北平——虽然"近似"两字要拉扯得很远——不过，假使让我"家住巴黎"，我一定会和没有家一样的感到寂苦。巴黎，据我看，还太热闹。自然，那里也有空旷静寂的地方，可是又未免太旷；不像北平那样既复杂而又有个边际，使我能摸着——那长着红酸枣的老城墙！面向着积水潭，背后是城墙，坐在石上看水中的小蝌蚪或苇叶上的嫩蜻蜓，我可以快乐的坐一天，心中完全安适，无所求也无可怕，像小儿安睡在摇篮里。是的，北平也有热闹的地方，但是它和太极拳相似，动中有静。巴黎有许多地方使人疲乏，所以咖啡与酒是必要的，以便刺激；在北平，有温和的香片茶就够了。

论说巴黎的布置已比伦敦罗马匀调的多了，可是比上北平还差点事儿。北平在人为之中显出自然，几乎是什么地方既不挤得慌，又不太僻静：最小的胡同里的房子也有院子与树；最空旷的地方也离买卖街与住宅区不远。这种分配法可以算——在我的经验中——天下第一了。北平的好处不在处处设备得完全，而在它处处有空儿，可以使人自由的喘气；不在有好些美丽的建筑，而在建筑的四围都有空闲的地方，使它们成为美景。每一个城楼，每一个牌楼，都可以从老远就看见。况且在街上还可以看见北山与西山呢！

好学的，爱古物的，人们自然喜欢北平，因为这里书多古物多。我不好学，也没钱买古物。对于物质上，我却喜爱北平的花多菜多果子多。花草是种费钱的玩艺，可是此地的"草花儿"很便宜，而且家家有院子，可以花不多的钱而种一院子花，即使算不了什么，可是到底可爱呀。墙上的牵牛，墙根的靠山竹与草茉莉，是多么省钱省事而也足以招来蝴蝶呀！至于青菜，白菜，扁豆，毛豆角，黄瓜，菠菜等等，大多数是直接由城外担来而送到家门口的。雨后，韭菜叶上还往往带着雨时溅起的泥点。青菜摊子上的红红绿绿几乎有诗似的美丽。果子有不少是由西山与北山来的，西山的沙果，海棠，北山的黑枣，柿子，进了城还带着一层白霜儿呀！哼，美国的橘子包着纸；遇到北平的带霜儿的玉李，还不愧杀！

是的，北平是个都城，而能有好多自己产生的花，菜，水果，这就使人更接近了自然。从它里面说，它没有像伦敦的那些成天冒烟的工厂；从外面说，它紧连着园林，菜圃与农村。采菊东篱下，在这里，确是可以悠然见南山的；大概把"南"字变个"西"或"北"，也没有多少了不得的吧。像我这样的一个贫寒的人，或者只有在北平能享受一点清福了。

好，不再说了吧；要落泪了，真想念北平呀！

# 要热爱你的胡同

老舍

胡同是北京的一大特色，命名方式也是各异的，有以人名的，有以胡同形状的等。这里有温柔的邻里，舒服且不约束；这里有莫名的默契，互助且友爱。这里用行动守卫家园，这里用烟火诉说传奇。

俗语说得好，"远亲不如近邻"。

可是，在大城市里，这句话就不容易体验。就拿北京来说吧，同一条胡同的人家，你忙你的，我干我的，今天张家搬走，明天李家搬来，谁也不容易认识谁，更不用说彼此互相帮助照顾了。

这种彼此不相识，不关心，是不大对的。在从前，有一家的孩子出天花，邻居们不去劝告，帮忙入医院，而只在自家的窗上挂起一条红布，说是足以避邪。结果，红布条毫无效用，好几家子的孩子都传染上天花。这样的事儿还很多，谁都可以想出几件来，就不多说。

现在可好了，为了全胡同的清洁，大家须协力合作。为了听重要的广播，有收音机的就招待街坊们来听。为了全胡同的事，大家也常常到一块儿商议。这样，慢慢的大家由相识而变为朋友，彼此帮忙，彼此劝告，还互相批评——象谁家的院子不大干净，或盆子罐子里存着雨水等等。

这么一来，"远亲不如近邻"这句话可就真有点味道了。可是细一想呢，

"远亲不如近邻"或者还只就有了急事而言，譬如说，独身汉老张得了暴病，而亲戚都住在西郊，不能马上赶到，于是近邻老李就忙着去给请大夫抓药。现在的事儿呢，并不只是遇到急难，彼此帮忙，而是经常的组织，一条胡同里的人永远彼此合作，互相鼓励，大家友爱。这可就有了很大的意义。咱们早已都听说：共产党会组织人民，有民主精神。咱们胡同里现在的情形就证明了，咱们有了组织，不再是一盘散沙。大家的事情大家商议，大家作，这就是民主精神啊。这么一想，这点事实在了不得。团结就是力量啊。连每条小胡同都有了团结，大家一条心，这不就是从根儿上作起么？就拿检举特务来说吧，只有全胡同有了组织，彼此负责，才能作得严密，教一个藏着的特务也跑不了啊！近来，各街道成立了治安保卫委员会，不就是依靠群众跟反革命分子作斗争，跟盗匪作斗争，跟灾害作斗争的好办法么？

　　这样，我想我跟所有的北京人一样，都对咱们的胡同有了感情，不再存着"各扫门前雪，休管他家瓦上霜"的错念头了。我也敢保，以后咱们会一天比一天更爱咱们自己的胡同，积极的为咱们自己的胡同努力作事，并且觉得这么努力值得骄傲！

　　有句古话儿——"浮生若寄"。变成白话就是"马马虎虎的瞎混"。这是句不着边儿的，要不得的话。咱们住在哪里就应当在哪儿扎下根儿去。这倒不是说，咱们永远不搬家，而是说，咱们住在哪里就应当在哪里扎下民主精神的根儿，抱着大家为大家活着，大家为大家作事的精神。好吧，让咱们就先把现在住着的胡同搞得最干净，最整齐，最平安吧！

写于一九五四年